名も無き幽霊令嬢は、今日も壁をすり抜ける

～死んでしまったみたいなので、最後に誰かのお役に立とうと思います～

Yume Asaki
朝姫　夢

Illustration:Ichino Tomizuki
冨月一乃

JN098732

名も無き幽霊令嬢は、今日も壁をすり抜ける

～死んでしまったみたいなので、最後に誰かのお役に立とうと思います～

1．名も無き幽霊令嬢

『ここはどこ？　わたくしはだれ？』

呟いた言葉が、どこか儚《はかな》く消えていったようにも聞こえましたけれど。

それよりも、です！

ある日目を開けたら、なぜか見知らぬ部屋の中。

一体ここはどこなのかしら？　そして本当にわたくしは誰なのかしら？

あとなぜか目線が高いような気がするのは……気のせい、なのかしらね？

(困ったわ。何一つ、思い出せないなんて)

天蓋付きのベッドは既《すで》にカーテンが開いていて、中に誰もいないということは部屋の主は起きているはずで。

外から入ってくる明るい日差しが、まだ一日が始まったばかりなのだと告げている。

(調度品は豪華だけれど、とても品の良いもので揃えられているあたり、このお部屋の主のセンスはとてもいいと思いますわね)

そんな風に自分の名前もここにいる理由も思い出せないまま。多少は観察しつつも、ただぼんやりと辺りを見回していたら。

(あら、このお部屋の主かしら？　目が合いましたわ)

肩に届くか届かないかくらいの、陽に透ける金の髪。

鮮やかな青の瞳は、今は驚きからか見開かれていますけれど。その奥はどこか意志の強さを感じさ

せますわね。

「君は……？　いったいどこから入って、そしてなぜ体が透けた状態で浮いている？」

それにしても、男性から見上げられるなんて。この方成人しているようにお見受けしますのに、いったいどういう――

（……透けた状態で、浮いている？）

言われて体を確かめてから、ようやく自分の状態に気付きました。

『あら本当、透けていますね。それに浮いていますわね』

「……今、私がそう告げたばかりなのだが？」

困惑気味に伝えてくる男性は、どこか警戒しているようですけれど。

そうですよね、警戒しますよね。わたくしだって警戒しますわ。

『もしかして、わたくし不法侵入者かしら？』

「もしかしなくても、不法侵入者だな」

あら、まぁ。困りましたわね。

まさか見ず知らずの、しかも男性のお部屋に忍び込んでしまうなんて。

『わたくしったら、破廉恥《はれんち》ですわね……』

「いや、破廉恥とかそういう問題なのか？」

『だって男性のお部屋に、無断でお邪魔してしまうなんて。淑女として恥ずかし――』

「どうした？」

『……いえ。わたくし、淑女ですよね？』

この目で見える範囲では、どうやらドレスを着用しているようですので。おそらくわたくしは女性だと、そう思っているのですが。

なにぶん顔が確認できないものですから、確信が持てないのです。

「その格好で女性でなかったとすれば、違う意味で驚きだな。可能性がないとは言わないが」

『まぁまぁ！　どうしましょう！　確認する方法がありませんわ！』

「そこに鏡がある」

『あら。ご親切に、どうも』

示された先には、確かに大きな姿見が。

親切に教えてくださった男性にお礼を述べて、鏡の前に歩み……あら、足を動かさなくても移動できますのね。便利ですわ。

『……あら？』

「どうした？」

『あの……わたくしの姿、映っておりませんの』

姿見の中に見えているのは、この部屋の調度品ばかり。

目の前に立って……いえ。浮いているはずのわたくしの姿は、これっぽっちも映してはくれないのです。

「それは、また……」

『困りましたわねぇ』

これでは何も確認できませんわ。

「声と顔は女性だが、ドレスに違和感でもあるのか?」

『いいえ、ありませんわ。ただ自分の名前すら分からないので、困っておりますの』

「な!? それを早く言え!!」

あら、怒られてしまいました。

「いや……いやいや、待て待て。どうして私は、普通に会話をしているんだ……?」

しかもお一人で何か、ブツブツと独り言を呟いていらっしゃいますけれども。

(本当に、困りましたわぁ……)

鏡に映らないなんて、つまりは幽霊なのではなくて?

『わたくし、どうやら死んでしまったようですわね』

「冷静に分析をするな!?」

あら、だって。鏡に映らない幽霊ということは、つまりは死んでしまったということでしょう?

『現実を受け入れなければ、前には進めませんわよ?』

「何の説教だ!?」

『お説教ではなく、最近流行りの〝ぽじてぃぶしんきんぐ〟ですわ!』

「知らない単語を無理に使うな!?」

あらあら、ご存じないのかしら?

最近何事も前向きに捉えましょうという考え方が流行り始めていると、何かの本で読みましたもの。

本のタイトル、忘れましたけれど。

「とにかく、まずはどうして私の部屋にいるのかを知りたいんだが?」

『分かりませんわ』

「は？」

『気がついたらここに浮いていましたの！』

「浮いて……って、いや。確かに浮いてはいるが」

どうしてここにいるのか、わたくしのほうが知りたいくらいですもの。

教えてもらえるのであれば、誰か教えてくださらないかしら？

「はぁ……。とにかく、まずは覚えていることだけでも教えてくれ。できるだけどこの誰なのか調べさせてみるから」

『ありませんわ』

「は？」

あら。先ほどと同じような会話の流れになってしまっていますね。

でも仕方がないんですの。

『以前の記憶が何一つありませんので、名前どころか自分が死んだ瞬間も覚えておりませんわ』

「いやいや！　困る上に怖いことをサラッと言うな⁉」

あらあらまぁぁ。どうして怯えていらっしゃるのかしら？

ご自分が死ぬ瞬間でも想像されたのかしら？

「全く……。確かにここはある意味で魔窟《まくつ》だが、まさか幽霊にまで出くわす日がくるとは思わなかったな」

『あら。人生の初めてになれて光栄ですわ』

「紛らわしい言い方をするな‼」

そんなため息をつかれて……。

それに紛らわしいって何でしょうか？　実際にわたくしは、この方の人生初の幽霊なのではないかしら？

人生初めての幽霊との遭遇、ですわよね？　何か間違ったことを口にしたかしら？

「しかし困ったな。見た目はどこかの令嬢のようだが、名前が分からないんじゃ調べさせようもない」

『そもそもわたくし、いつの時代の幽霊なんでしょうか？』

「いや、聞かれても……。私は女性のドレスに詳しくはないからな。年代など答えようがないぞ？」

『そうですか』

そうですよね。男性がドレスに詳しいはずがないですものね。

見下ろした体は透けているけれど、確かにドレスを着ているのは分かるので。ここから何か手掛かりのようなものが見つかればよかったのですけれど。

『そう簡単には、いきませんよね』

せめてどこの誰なのか。そしてできることなら、死因まで知りたかったのですけれど。

なにかしらねぇ？　魔窟とおっしゃっていたから、毒殺とかだったのかしら？　それとも暗殺？

「そう落ち込むこともないだろう？　幽霊なら、時間はいくらでもあるだろうし」

『そう、なのですか？』

「いや、知らんが」

『まぁ、無責任！　酷いですわね！』

「酷いって、私が責任を取らなければならない理由がないからな。それにいい加減、私の部屋から出て行ってくれないか？」

あら？　そういえば、ここはこの方のお部屋でしたわね。

わたくしとしたことが、長居をしてしまったようで。

『そうでしたわ。失礼いたしました』

「いや、いい。貴重な体験だったからな」

見ず知らずの幽霊に、最後にそう優しく声をかけてくださるから。

『ありがとうございます。それでは、ごきげんよう』

「あぁ」

お礼を告げて、高いところからで申し訳ないけれど頭を下げて。

そうしてわたくしは、部屋から出ていくのです。

そう、あの扉から。

『……………』

「どうした？」

『いえ、その……』

そう。たぶんこの扉は、部屋の外へと繋がっているはず。そのはず、なのです。

が。

『わたくし、今いる場所も分からないので……。どこへ行けば、よいのでしょう？』

「…………はぁぁ!?」

「どこ、って……どこへでも好きなところへ行けばいいだろう？」

『好きなところ……。たとえば、どこでしょうか？』

「たとえば!?　たとえば、そう、だなぁ……」

う～んと唸るその姿は、真剣に考えてくださっている証拠なのでしょうね。

名も知らぬ幽霊にここまで親切にしてくださるなんて、本当になんてお優しい方なのでしょう。

「女性ならば、花が咲き誇る庭園はどうだろうか？」

『まぁ！　素敵ですわね！　それでその素敵な庭園はどちらにあるのでしょうか？』

「…………」

あら？　こちらを見つめたまま固まってしまわれましたわ。

けれど仕方がないのです。わたくし案内がないままでは、どこがどこやら何一つ分かりませんもの。

「……行く当てがない幽霊をどう扱えばいいのかなど、誰に聞いても教えてはもらえないだろうなぁ」

あらあら。そんな遠い目をされて。

そんな質問、わたくしだってされたら困りますわ。むしろ今わたくしが一番その答えを知りたいのですもの。

「いっそ何か特殊なことができるのならば、むしろ大歓迎なのだが」

その手がありましたわね。

『なるほど。では、わたくしはあなたのお役に立ちましょう』

「は？　なぜそうなる⁇」

『こうしてお会いしたのも何かのご縁ですから！』

「…………いや……意味が分からん……」

『お任せください！　わたくし幽霊ですから、きっと使い勝手はいいですよ！』

「何ができるかも分からないのに、可能性の話をするな‼」

はぁ～と特大のため息をつかれていますけれど、わたくし何かおかしなことを申しましたでしょうか？

実際幽霊であることに変わりはないのですもの。折角のこの機会、利用しなくてどうするというのです？

それに。

『この場所にわたくしがいるということは、何も関係がないとも言い切れませんもの』

「それは、確かにそうだが……」

『でしたらぜひ使ってくださいませ。その間にもしかしたら、何か思い出せるかもしれません』

「そう言われるとな……」

何の関係もない場所に、ある日突然現れる幽霊、なんて。普通に考えたら、あり得ないと思いますもの。

この場合の〝普通〟が何なのかは、ひとまず置いておきますが。

『場所かもしれませんし、人かもしれませんし、物かもしれませんし。わたくしがここにいる原因が分からない以上、離れるのは得策ではない気がいたしますの』

「…………本人にそう言われると、納得せざるを得ないんだが？」

『あら。失礼いたしました』

けれどきっと、あながち間違いでもない気がいたします。

ただの勘ですけれど。

「まぁ、仕方がない。行く当てもない相手を幽霊だからと追い出すのも、なんだか悪い気がするからな。仮にも令嬢、なのだろうし」

『ありがとうございます！』

これでしばらくはここに置いていただけるのですね！

あ、いえ、でも……殿方のお部屋に居候《いそうろう》なんて、もしかしなくてもわたくし図々しい上にはしたなかったかしら？

（いいえ！　この場合は不可抗力ですもの。仕方がなかったのです）

そうわたくしは自分自身を納得させて、うんうんと頷く。

下から怪訝そうな顔で見られていますけれど、ここはあえて気付かなかったフリ、見なかったフリをして。

『では、まず何からお手伝いすればよろしいのでしょうか？』

「切り替えが妙に早いな」

『きっとそこがわたくしの良いところですわ！』

「…………そうか」

まずはこの方のために、わたくしに何ができるのか。そこから、ですわよね！

「それで？　実際に何ができるんだ？」

『そうですわねぇ……』

幽霊になる前に何ができたのか、は分かりませんし。仮に分かったとしても、今も同じことができるとも限りませんものね。

今のわたくしにできること。

確実にできることといえば。

『まずは、お話し相手にでもいかがですか？』

「………」

あら？　黙ってしまわれましたわ。

けれどあながち悪くはないのではないかしら？　少なくとも、今こうやってお話ししているのですから。

『……あ。もしや、既にそういったお仕事をされている方がいらっしゃるとか⁉』

「いや、いないが……」

『ではぜひ！』

「………それは本当に、必要か？」

あら！　分かっていらっしゃいませんね？

簡単には口にできないようなことも、死んでいる相手ならば話しやすいかもしれないではありませんか！

『必要になった時に、お使いになってくだされぱいいんですのよ。日々の愚痴でも構いませんわ！』

「愚痴、か」

おやおや？　その感じですすと、愚痴がないわけではなさそうですわね？

人間ですもの。しかも生身の、生きている人間。愚痴を言いたいことがない生活なんて、送れるはずがないですもの。

……………わたくしもそういう生活をしていたのかもしれませんが、なにしろ記憶がございません。なのでこれまた勘ですけれど。

でもほら、間違っていないのではなくて？

「だがそれを君が他の者に話してしまわないと、どうして信用できると思う？」

『あら。だってたとえわたくしがそれをどなたかにお話ししたとしても、わたくしには何一つ得がありませんもの』

「損得の問題ではないだろう？」

『そうですか？　わたくしとしては、あなたにここから追い出されてしまうことの方が損ですもの。むしろそんなことをする意味がありませんわ』

「……まぁ、そうだな」

ほら、そうでしょう？

『ですからまずは、お試しとして――――』

どうでしょう？　と。わたくしが口にする前に。

コンコンと、部屋の扉を外からノックする音が聞こえてきたのです。

「‼　ひとまずどこかに隠れていろ！」

『え⁉　え、っと……どこかって、どこへ……』

「どこでもいい！　とにかく見つからない所へ！　早く‼」

『は、はいっ‼』

小声だけれど焦ったようなその言葉に、ついついわたくしも急かされてしまって。けれど人間、急いでいる時ほど思考が追い付かないものですね。

隠れようとしても、隠れられるような場所をすぐには見つけられなかったわたくしは。

苦し紛れの策として、入り口付近の天井まで昇って行き。そこでぴったりと張り付くようにして、息を殺したのです。

……幽霊なので、息、していないはずなのですけれどね。

「おはようございます、リヒト様。本日のご予定をお伝えに参りました」

「あぁ、ご苦労。早速だが教えてくれ」

「はい」

あら、所作が綺麗なおじさまですのね。

そして先ほどからお話ししていた方は、リヒト様とおっしゃいますの。

(それにしても……)

まったく気付かれないあたり、幽霊って便利ですわねぇ。だってまさかこんなところに人がいるなんて、普通は考えませんもの。

いいえ、本当にこんなところに人がいたら怖いですけれど。

(……ん？　あら？　こんなところに人ではなく幽霊がいるのも、それはそれで怖くないかしら⁇)

わたくしはわたくし自身を怖いとは思いませんけれど。自分の部屋に突然幽霊が現れたら驚くでしょうし、恐ろしいかもしれませんわね。

そう考えると、普通に会話を続けてくださっているリヒト様はとても心の広いお方なのかもしれません。

まだ続く一日の予定をなんとなく聞きながら、わたくしは真剣な表情で頷くリヒト様に感謝の念を抱きつつ。

その場でじっと天井に張り付いていたのです。


結局わたくしが天井から解放されたのは、所作が綺麗なおじさまがリヒト様に退室を告げた後のことでした。

何でもまだ少し時間に余裕があるとのことで、温かい紅茶を用意するのだとか。

「……で？　いつまでそこに張り付いているつもりだ？」

『あら、そうでしたわ』

「全く。まさかそんなところに行くとは思ってもみなかったな。見つかったらどうするつもりだったんだ」

『その時はその時で仕方がないので、素直にごめんなさいと謝罪するしかありませんわ』

「謝罪？　何を？」

『殿方のお部屋へ勝手に侵入してしまってごめんなさい、と』

「…………そう、か」

あら、だって大切なことではありませんか。たとえ幽霊といえども、本来は居るべきではない所に入ってきてしまったのですもの。

自分の意思ではないとはいえ、いけないことをしているのは事実ですわ。悪いことをしたら、素直に謝るべきだと思いますの。

『あ、そうでした。先ほどはありがとうございました』

「何の話だ？」

『わたくしに隠れろと、おっしゃってくださったでしょう？　言われなければ、わたくしきっと先ほどの方に見つかってしまっていましたもの』

そうなったら本当に大変でしたでしょうし、隠れるようにと指示を出してくださったリヒト様に感謝ですわ。

「いや、まぁ……私としても、変に誤解されては困るからな。そこはお互い様だろう」

『それでも助かりましたもの。ですから、ありがとうございます』

「あ、あぁ……」

あら？　どうしてそんな驚いたような顔をしてこちらを見つめていらっしゃるのかしら？

鮮やかな青い瞳はとても綺麗なので、嫌な気はいたしませんが。

と。

二人して無言で。わたくしはちょっとだけ首を傾げつつリヒト様を見つめ返していたら。

またしても、扉がノックされる音が聞こえてきました。

「‼」

『‼　わたくし、もう一度天井とお友達になってきますわね！』

「とも……？　あ、いや。あぁ」

言うが早いか、再び天井に張り付くために上へと昇っていくわたくしに、どこか不思議そうな声がかけられたのですけれども。

それにお返事をする前に、先ほどのおじさまがワゴンを押して部屋の中へと入っていらっしゃいました。

「リヒト様、こちらでよろしかったでしょうか？」

「あぁ、構わない」

リヒト様の返事を聞いて、部屋の中のテーブルにワゴンを寄せたかと思えば。一脚だけの椅子を引いて、リヒト様が腰を下ろすのを待つおじさま。

リヒト様もリヒト様で、それを当然のように受け入れて。椅子に優雅に腰かけたかと思えば、ほんの一瞬だけこちらに目を向けてくださって。

「リヒト様？　いかがなさいました？」

「いや、何でもない」

目聡くそれに気づいたおじさまに問いかけられたリヒト様は、本当に何でもなさそうに首を振っているけれど。

紅茶を淹れるのに気が逸れたおじさまの隙をついて、口の動きだけでリヒト様がわたくしに何かを伝えてきたのです。

〝うごくな〟

（動くな、ですわね。承知いたしましたわ）

わたくしもそれに小さく頷いてみせて、ぶつからないギリギリまで天井にぴったりと張り付いてみせます。

出会って間もないのにこの連携。わたくしたち、もしかしたら相性が良いのかもしれませんわね！

そんなことを一人考えながら、小さく笑いたくなるのを何とか堪えていたわたくしの耳に、おじさまが意を決したように話す言葉が聞こえてきたのです。

「リヒト様。私共は、リヒト様こそが次期国王となられるべきお方だと信じております」

「……どうした、急に」

「急ではございません。近年の貴族たちの対立の激化は、リヒト様もご存じの通りかと」

「知ってはいるが、あれは勝手につぶし合いをしているだけだ。最も重要視するべきところは、そこじゃないだろう？」

いえ、むしろ。今のわたくしにとっては、とてつもなく衝撃的な言葉が聞こえてきたのですが？

話の内容よりも、重要視すべきは。

（リヒト様、まさかの王子様だったようです）

次期国王になるべきお方ということは、つまりはそういうことなのでしょう？

つまりわたくし、そんなすごい方のお部屋に無断で潜り込んで……いえ、迷い込んでしまったということ。

決してわたくし自身の意思ではないとはいえ、すごいことをしてしまいましたわ。

さて、どういたしましょうか？

「今一番に考えるべきは国の腐敗阻止と、貴族による民への必要以上の搾取についてだろう？　それ以外は二の次だ」

「ですが、リヒト様が国王陛下となられることが決定すれば、それら全てが解決へと向かうはずです」

「それが簡単にできないことなのは、お前たちもよく知っているだろう」

「それはっ……」

「この話はここまでだ。心配するな。別に何も考えていないわけではない」

「……そう、ですね。差し出がましいことを申しました」

「いや、いい。……あぁ、そうだ。いつものことながら、紅茶の茶葉選びも淹れ方も上手いな」

「お褒めにあずかり光栄です」

「これからも、頼むぞ」

「はい」

たしなめてから、褒める。

良い言葉で会話を終わらせるのは、もしかしたらこの方の常套手段なのかもしれない。人心を、掌握するための。

(けれど実際、一体何人の方がそれを日常的に出来るのかしら)

知識として知っていても、出来るかどうかはまた別ですもの。

何より声を荒らげるでもなく、静かにたしなめつつ相手に不快感を残さず、そして謝罪はすぐに受け入れる。

（確かに、この方は王の器なのかもしれませんわね）

果たしてリヒト様のご兄弟が何人いらっしゃって、どんな方々なのか。わたくしは何一つ知りませんけれど。

この方が国を動かすのであれば、わたくしも安心して死んでいられるというものですわ。とはいえリヒト様の王位継承権の順位も分かりませんし、そのあたりは難しいのかもしれませんけれども。

（情報が、少なすぎますわね）

何も分からないこの状況、なんだかモヤモヤいたしますわ。

せっかく幽霊という便利な状態なのですし、何とかこれを利用できないものかしら――

「いつまでそこに張り付いているつもりなんだ」

『…………あら？』

声をかけられてようやく、考え事に没頭していたのだと気付かされました。

いつの間にやら先ほどのおじさまは部屋を出て行っていたらしく、呆れ顔で見つめてくるリヒト様が小さくため息をつかれて。

『まぁ！　失礼いたしました』

「いやまぁ、そこが好きならいくらでもいてくれて構わないが」

『まさか！　天井とはお友達ですけれど、お話しできませんもの！』

「…………」

きっとしばらくはあの天井部分にお世話になるのでしょうけれど。

それとこれとは、話が別なのです。

『それよりも、こんな風にお話を聞いてしまって……』

正直本人には知られた上での立ち聞き……あ、いえ。浮き聞き。

申し訳ないとしか言いようがありませんわ。

「いや、いいさ。どうせここにいるのなら、遅かれ早かれ知っていたことだろうしな」

あら、まぁ。

本当に何とも、心の広いお方ですのね。

「まぁとにかく、今日は――」

「失礼いたします」

『きゃあぁぁぁっ⁉』

お話しすることに集中しすぎていたあまり、扉を背にしていたことをすっかり忘れてしまっていたわたくしは。

後ろから聞こえてきたノックの音と声にすぐには反応できず、思わず天井ではなくまっすぐ前に向かって飛び出してしまっていて。

気づいた時には、既に遅く。

「……リヒト様？　どうかなされましたか？」

「……あ、いや。何でもない」

『………』

わたくしはリヒト様をすり抜けて、さらにその先の壁の中に頭からすっぽりと………。

『あら？　も、もしかして……』

恐る恐る、体を後ろへと動かしてみると。

ようやく目の前に現れたのは、どう考えても壁。

「お時間になりましたので、執務室へのご移動をお願いいたします」

「あぁ。今行く」

後ろで交わされている会話すら、聞こえても記憶に残るかすら怪しいくらい、今わたくしは……。

『ま、まさかわたくしっ……』

壁が‼　すり抜けられる‼

その事実に、興奮しておりました。


『リヒト様！　リヒト様！　大変ですわ‼』

「…………」

「リヒト様？」

「あ、あぁ……いや、そうだな……」

『あ……』

勢いあまって壁にめり込んでしまって、しかもすり抜けられると分かってつい興奮してしまっていたわたくしは。

この部屋の中には今、リヒト様とわたくしの二人だけではないのだということをすっかり失念しておりました。

　けれど。

「あれを」

「……？　はい、何でございましょうか？」

『!?』

　リヒト様がわたくしを指さしたというのに、まるでおじさまは……おそらくリヒト様の従者なのでしょうかね？　その方は、まるで何も見えていない、かのようで。

　事実。

『あ、あの……リヒト様……？』

「……いや。いつものように、茶器を片づけておいてくれ」

「はい。かしこまりました」

　わたくしがリヒト様に声をかけても、一切聞こえてはいらっしゃらないようでした。

　つまり。

『他の方には、見えないみたいですね』

「……そのようだな」

　小声で返してくださるリヒト様のそばには、護衛がぞろぞろとついているというのに。

　リヒト様の横をふよふよと浮いてついていくわたくしには、どなたも気付かないようで。一切目が向けられることはありませんでした。

「リヒト王子？　どうかなさいましたか？」

「あぁ、いや。何でもない。考え事をしていた」

「左様でございましたか。失礼いたしました」

「いや、いい」

しかも下手にわたくしが話しかけてしまえば、律義に返事をしてくださるリヒト様がまるで独り言をおっしゃっているかのようになってしまって。

これではなかなか話しかけるのも難しいですわね。

（……あら？　そういえば、わたくしはついてきてしまってよかったのかしら？）

ついつい、当然のようにリヒト様の後をついてきてしまったのだけれど。もしかして本当は、お部屋でお帰りをお待ちしていた方がよかったのでは？

いやでも、あの場にいるだけではわたくし自身が何者なのかも皆目見当がつきませんし。

難しいところですわねぇ。

「考え事をしているところ悪いが、さすがにここまで来て隣にいる必要はないと思うんだが？」

『はい？』

声をかけられて、辺りを見回してからようやく。わたくしは既に移動が終わっていたことに気付いたのです。

しかも。

『あ、あら……？　こちらがリヒト様の執務室、なのですよね？』

「そうだが、なにか？」

『いえ、その……どうして、リヒト様お一人なのかと思いまして……』

普通、執務室には補佐をする人物がいるものではないのかしら？

（ん？　あら？　でもどうしてわたくし、そんなことを考えたのでしょう⁇）

記憶はないけれど、それが普通だと思うような理由。

おそらくは生きていた頃に、それが当たり前なのだと思えるような環境にいたということなのでしょうけれども。

「まぁ、色々とあって人手不足だから、だな」

『色々……』

「それよりも、ここまでついてきてどうするつもりだ？　まぁ、君にとって壁が意味をなさないこと、私以外には今のところ君の姿も声も認識できないのだということは判明したが」

『はっ‼　そうでしたわ‼』

ということは壁をすり抜けつつ、リヒト様以外にはわたくしが見えないことを利用して、様々な情報を集められるのでは⁉

『リヒト様！　わたくしいいことを思いつきましたの‼』

「……あまり、いいこととは思えないが。まぁ、一応聞いておこう」

まぁ！　酷いですわね！

でもきっと、今度こそちゃんとお役に立てると思いますの。

だって。

『わたくし、諜報活動にうってつけの体をしているのではありませんか⁉』

「…………だと思った」

はぁ～～と。なぜか大きなため息をつかれておりますけれど。

わたくし、何かおかしなことを申しましたかしら？

「そもそも、だ。どうしてそんな結論に達したのか」

『他の方には見えない聞こえない！　これほど隠密に特化した存在は、いないのではありませんか？』

「いやむしろ、普通は幽霊など見えないものじゃないか？」

『リヒト様には見えているではありませんか！』

「……そうなんだよな。どうして私だけが、君の姿も声も認識できるのか。それが不思議で仕方がない」

それはそうなのですが、今それを考えてもきっと答えは出ませんもの。

誰も答えを持たない問いかけに時間を使うよりも、もっと有意義なことに使うべきですわ。生きている方にとって時間は有限なのですから。

『そんなことよりも、もっとできることに目を向けるべきです』

「そんなこと……私の疑問は〝そんなこと〟扱いか……」

仕方がないのです。だって誰にも分からないのですから。

『ですので！　わたくし少し、色々と見て回って来ようかと思っておりますの』

「城内を、か？　どうやって？」

『もちろんこうして飛びながら、ですわ！』

「いや、方法ではなく。壁が意味をなさない存在である君が、知らない場所をどうやって覚えながら進むのか、と」

『あ……』

　確かに、そうですわね。

　先ほどのように勢いあまってどこかの壁に向かっていって、そのまま何枚の壁をすり抜けたのかも分からなくなってしまったら。

　確実に、迷子決定ですわ。

「城内図は簡単に見せられるようなものではない上に、この部屋には存在していない」

『それは……困りましたわね』

　けれどどこにいても、執務のお邪魔になってしまうだけですし。

　何よりわたくし、今ここにいてもできることは何一つありませんもの。

「壁をすり抜けられるのであって、壁の向こう側が見えるわけではないんだろう？」

『はい』

「それなら、そうだなぁ……」

　サラリ、と。肩に届くか届かないかくらいの長さの金の髪が、リヒト様の動きに合わせて揺れて。

　顎に手を添えて考え事をなさるのは、もしかしたら癖なのかしら？

「たとえば、この部屋だけでも覚えておけばどうだろうか？　窓の外へ出れば、ある程度の位置は把握できるだろう？」

『な、なるほど！　確かにそうですわね！』

「それと、そこから真上に向かって城全体を見下ろしておくといいんじゃないか？　最悪そこからこの場所へ戻ってくることができるかもしれないだろう？」

なんと!! リヒト様はとても頭脳明晰でいらっしゃるのですね!!

わたくし、どうやって壁をすり抜けないようにするかを考えておりましたわ。

『さすがですわ!! では、早速行ってまいります!!』

「夕方までには戻ること。それと、迷子にだけはならないように。誰も存在を知らない上に、見えないことも考えると、最悪見つけられないだろうから」

『は、はい!』

迷子にならないよう、気を付けます。

「あぁ、それと。もしも誰か他に君を視認できる存在がいたら、その時は教えて欲しい」

『承知いたしましたわ。では、窓から失礼いたしますわね』

「あぁ。行っておいで」

不思議なほど優しい声で見送られたわたくしは、リヒト様の提案通り窓から一度外に出てみて。そこからまっすぐに上空へと向かうのでした。

目指すはこのお城の最上部よりもさらに上。本来であればできない、上空からの眺めを堪能……いえ、確認するために。


『鳥たちは、いつもこんな場所からわたくしたちを眺めているのね……』

それは人には見ることができないはずの風景。

見渡す限り、この近辺でお城よりも高い建物は存在しないのに。わたくしは今、そこよりもさらに高い場所からお城を見下ろしているなんて。

『まるで、物語の世界のようね』

物語の中では、素敵な王子様やお姫様が恋をしていたり。悪い魔法使いと善《よ》い魔法使いが戦っていたり。

そんな様々な人間模様が繰り広げられる舞台になるのが、この場所だけれど。

『魔法なんて、この世界には存在しないもの』

だからこそ、夢物語。

現実の王子様とお姫様の物語なんて、ほとんどが政略的なものばかりだから。そこに愛が芽生えるかどうかは、また別問題……。

『あら？　そういえばわたくし、いったいどこでそんなお話を読んだのかしら？』

そもそも自分の名前すら思い出せないのに、どうしてそういうどうでもいいことばかり頭に浮かんでくるのかしら？

せっかくならもっと有意義なことを思い出せたらいいのに。

『なんて、嘆いていても仕方ありませんものね。とりあえず、まずは内部の構造から把握しましょう』

リヒト様のお役に立てるように。

わたくしが幽霊としてここにいる理由が見つかるように。

『どこから入るのが一番いいのかしら？　上から？　下から？』

下からだと、人が大勢いるでしょうし。けれど上からだと、明らかにリヒト様のご家族の方ばかりでしょうし。

そうなると……。

『あえて裏口のほうから入ってみましょうか』

そこから上に向かっていって、少しずつ覚えていくのがいいのでしょうね。リヒト様の執務室も、比較的上の方にありましたし。

夕方までに戻るように言われていますもの。遅くならないうちに帰った方が、リヒト様に余計な心配をおかけしないで済むでしょうから。

『そうと決まれば、行動あるのみ！　ですわ！』

とりあえずまずは、壁をすり抜けないで回ってみましょう。最初から壁を無視すると、本当に迷子になってしまいそうですわ。

それにリヒト様がおっしゃった通り、わたくしの場合は迷子になっても誰にも探しに来てもらえないでしょうから。

そもそもリヒト様にしか見えない存在である以上、迷子になった場合は王子様であるリヒト様に直接探してもらわなければならなくなります。

一国の王子のお手を煩《わずら》わせるなど、していいはずがありませんものね。

『白い大理石に赤い絨毯《じゅうたん》、ですか。いかにも、ですわねぇ』

考え事をしながらも、少しずつ頭の中に地図を描いていくしかないのです。

それにしても本当に、物語に出てくるお城そのままのような気がしますわ。それとも物語の方が、本物を模して書かれていたのかもしれませんね。

『そこに現れる幽霊。あら、いかにも怖いお話の始まりのようですわ』

もしくは冒険ものかしら？

お城が舞台とはいえ、さすがに死んでしまっているわたくしとでは恋が始まりませんもの。

あ、いえ。どちらかといえば、わたくしは退治される側なのではなくて？

『まぁ。困ったわ』

例えばわたくしが悪い幽霊だとしても、せめて自分が何者なのかを知ってから退治されたいものですけれど。

なにが手掛かりになるか分からない状態ですので、何とも言えませんわね。

ただ幽霊って、どうやって退治するのか知りませんけれども。

『それにしても……』

この状況はもしかしなくても、市井《しせい》の子供たちがやるという探検、なのではなくて？

そう、これが……。

『探検って、わくわくする響きですわね！』

誰にも見つからないように、というわけではないですけれど。

先ほどから何人かの方の頭上を通っていますが、誰一人わたくしに気付くような方はいらっしゃいませんでしたもの。

いっそ、普通に歩いているかのように振る舞ってみようかしら？

『でもきっと、誰にもわたくしの姿なんて見えませんね』

はぁ、と。小さくため息をついて、少しだけその寂しさや悲しさを吐き出してみます。

いいえ、リヒト様にはわたくしの姿だけでなく声も届くので、今のところそこまで困っているわけでも寂しいわけでもありませんけれど。

それに他の方には見えないおかげで、こうしてお城の中を探検できるんですもの。ある意味利点とも言えますすわ。

『先ほどからずっと動いていますけれど、全然疲れませんし。幽霊というのも、なかなかに便利ですわね』

そもそも歩いてすらいませんから、疲れる理由があるのか分かりませんけれど。

一体これ、どういう理由で浮いたまま動けるのかしら？　わたくしには不思議でたまりませんわ。

「────だが、いっそ……」

「シッ！　こんなところで言うべきではないだろう！」

（あら？）

どこからか、男性の声が聞こえてきました。しかも、声を潜めるように。

（これは、何か手掛かりになるかしら？）

もしかしたらわたくしが幽霊になった理由かもしれませんし、リヒト様のお役に立てるようなことかもしれませんし。

どちらにせよ、一度気になってしまったのです。立ち聞き……あ、いえ。浮き聞きをしてみましょうか。

「だからってッ!!　いい加減、前の時のように退場してもらわないと困るだろう!?」

「そんなことは分かってる！　だから今度の会合で話そうと言ってるんだ！」

「それじゃあ遅いと何度言えば分かるんだ!!」

「〜〜〜ッ!!　いいから!!　ここでその話題を出すなと言って――」

「そこで何をしているんですか？」

なんだか聞いてはいけないような、怪しげな会話に気を取られていたわたくしは、後ろから聞こえてきた別の男性の声に、目の前の男性たちと同じように驚いてしまったのです。

わたくしの姿は見えないと分かっていますけれど、つい反射的に振り返ってしまった先で。

「こんなところでコソコソと、一体何を話していたのか。私にも聞かせていただけませんかね？」

薄い茶色の髪に…………あの、目……目が細すぎて、どこを向いていらっしゃるのかよく分からないのですが……。

けれどしっかりとした足取りで歩いていらっしゃるその男性は、四十代くらいに見受けられました。

「い、いえ、そのっ……」

「か、家庭内の愚痴ですので、バッタール宮中伯にお聞かせするような内容では……」

あら、この目の細い方は、バッタール宮中伯とおっしゃるのね。

つまり、宮廷内で大きな権力を持つお方。確かに声をかけられては緊張するでしょうけれど……。

「なるほど？　あなた方はわざわざこの場所に来てまで、家庭内の愚痴を話す必要があったのですか。ジェロシーア様が開かれている、ガーデンパーティーを抜け出してまで」

「そ、それは……」

「つ、妻も一緒ですので、あの場ではとても……」

「それにしては、遠くまで来たものですねぇ？」

あぁ！　ジェロシーア様ってどなたなのかしら!?　そこが気になって仕方がないですわ!!

それにどう考えても、家庭内の愚痴を言っているようには聞こえませんでしたもの。何か、良からぬことを企んでいるか、隠しているか、ですわね！

（つまり……）

『バッタール宮中伯！　頑張ってくださいませ！』

わたくしには応援することしかできませんけれど、きっとないよりはマシですものね！

なんでしたっけ？　えーっと……。

あぁ！　そうですわ‼

ふれー！　ふれー！　バッタール宮中伯‼　ですわ‼

◇◆◇◆

「はぁ……」

執務中につい思い出してしまうのは、先ほど出て行った令嬢らしき幽霊のこと。

いきなり部屋に現れて、なぜか普通に会話をしてしまっていたが。目覚めた時はいなかったはずなのに、いったいいつどこから入ってきたというのか。

本人に聞いても、私の部屋にいた理由どころか名前すら分からないのだというのだから、もはやお手上げ状態だった。

「……いや。そもそもなぜ、幽霊と普通に会話をしていたのだろうな、私は」

そこにまず疑問を持つべきだったというのに、あまりに自然に話しかけてくるものだから。その思考に至るまで、疑問にすら思わず会話を続けてしまっていた。

「警戒は、していたはずなんだがな」

一瞬刺客かと思ったが、どう考えてもそういった類《たぐい》の見た目ではなかったし。

なにより、幽霊だからな。正直、よく分からん。

「金の髪に紫の瞳、か。髪はともかくとしても、瞳の色は珍しいんだ。そこからどうにかしてたどり着けないものか……」

服装からして貴族の令嬢であることはまず間違いない。とすれば、そこから過去の人物の特徴を割り出してみれば分からなくはないのかもしれない。

ただそれをするだけの時間と、動かせるだけの人員が圧倒的に足りていない。

瞳の色だけで、ある程度は絞れそうだと思ったが、彼女の前で口に出さなかったのはそれが一番の理由だった。

(ただ、なぁ……)

ある程度は絞れるといっても、結局それは今生きている貴族の髪色や瞳の色から追えば、だ。

過去の膨大な資料の中から探し出すことは、できなくはないだろうが難しい上に時間がかかりすぎる。

「死んでさえいなければ、まだ……」

「リヒト様、そのような物騒なことを口になさらないでください」

「カーマか。いや、そうだな。悪かった」

ノックもせずに入ってきたカーマ・ディーナは、耳聡く私の呟きを拾っていたらしい。

本来であればするべき礼が一切ないのは、この男がわざとそう見せているのだということを知っているので、いまさら何かを言う気には別段ならない。後ろに誰かを引き連れているのであればまた別だが、今回はそうではなかったからな。

ただ普段は眠そうに見せている顔つきが、今は元来の真面目そうな表情に戻っていた。

「……何度見ても、その髪は面白いな」

「大変なんです、これでも。私の髪は柔らかいので、なかなかいい具合には跳ねてはくれないのですから」

貴族としてはあり得ないほど散らかっている薄い茶の髪は、周りからは「ぼさぼさ髪」と揶揄《やゆ》されていたりもする。

そこにさらに眠そうに見える瞳の青がくすんで見えるからと、能力だけでなく見た目ですら冴えない男だと馬鹿にされているのだが。

実はそれが全てこの男の計算の内で、そう見せているのだとは、私以外、誰一人知らない。

「その見た目で優秀だとは、誰も思わないだろうな」

「だからこそ、です。こうでもしなければ、リヒト様のお側から外されてしまいますからね」

「難儀だな、本当に」

「えぇ」

仕方がない、と受け入れてからだいぶ経つが、それでも面倒であることに変わりはない。

それなのに、なぜかもう一つの面倒事まで増える始末。しかも向こうはどこから来たのか分からないというのだから、本当に面倒なことこの上ない。

「時にリヒト様。追加の書類をお持ちしたのですが、本日中にそちらは終わりそうですか？」

「ん？　あぁ、まぁ。何とかギリギリで終わった風を装うから、問題ないんじゃないか？」

「そうですか。安心いたしました」

面倒事は増える一方。それでも執務がなくなることはない。

誰から押し付けられているのかは分かっているので、手は抜かない代わりに求められる以上の能力を見せない必要がある。

(本当に、面倒だな)

それでも生きるためには、必要な手段なのだから。

文句など、言ってはいられないのだ。

2．不遇な王子様

バッタール宮中伯が男性二人にもう一歩歩み寄ろうとした瞬間、わたくしの応援とは裏腹に、

「し、失礼いたしますっ!!」

一人が焦ったようにそう言って、頭を下げてどこかへ走り去ってしまわれて。

「あ、そのっ……わ、私も失礼いたします！」

もう一人の男性も、その後を追うようにまた走り去ってしまわれたのです。

残念だわ。

「……ああいう輩《やから》がいるから、困るんだ」

小さく呟いた声が聞こえてきて、わたくしは思わずバッタール宮中伯に視線を向けるのですけれど。

(本当にこの方、目が細すぎますわ。どこを見ていらっしゃるのか、よく分かりませんもの)

走り去った男性たちが向かった先に目を向けているのでしょうけれど、それは顔がそちらに向けられているから分かるだけなのです。

この方の視線の先を追うのは、難しすぎると思いますの。他の皆様はどうなさっていらっしゃるのかしら？

「一応、ご報告申し上げておかないとな」

ため息と共に漏れた言葉から察するに、苦労人である可能性が高いですわね。

宮中伯ですもの。仕方がないのかもしれませんけれど。

『頑張ってくださいませ、バッタール宮中伯。わたくし、陰ながら応援しておりますわ』

聞こえていないと分かってはおりますけれど、そう声をかけずにはいられませんでした。

グッと両手を握って。

『ふぁいとー！　おー!!』

確かこう、片手をそのまま上に突き上げればよかった、のよね？

本で得た知識ですから、実際に見たことがないのが本当に悔やまれますわね。

（さて……）

わたくしは、逃げた二人を追ってみましょうか。このままバッタール宮中伯とここにいても、仕方がありませんし。

何より先ほどの会話、わたくしも気になりますもの。

ただ問題は、見つかるかどうかなのですけれど………も？

『あら？　まさかこんな近くにいらっしゃるとは思いませんでしたわ』

廊下の角を曲がったその先で、様子を窺うように辺りを見回していらっしゃるのは怪しいことこの上ないのですけれど。

あれかしら？　バッタール宮中伯が追いかけてきていないのか、気にしていらっしゃるのかしら？

（考えてみれば、一人目が遠くに行ってしまったら二人目が追いかけても見つけられませんものね。確かに近くで待機している方が、確実ではありますけれど）

それほどまでして、お話を続けたかったのかしら？　それともそんなに重要なことなのかしらね？

「この部屋は？」

「今は使われていない。とにかく早く中へ」

あらあら、二人だけで入ってしまわれますの？

『でしたらわたくしも一緒に失礼いたしますわね』

一応断りを入れてから、扉が閉まってしまう前に体を滑り込ませます。

いえ、すり抜けられるので必要ないのですけれどね？　なんとなく、気分の問題ですの。

「まったく。お前のせいで、面倒な相手に目をつけられるところだったぞ？」

「すまん。だが、本当に時間がないんだ」

「第一王子が後継者に選ばれる前にという気持ちは分かる。だがそれを次の会合で話すはずだったのに、今気づかれたら水の泡だ」

「そう、なんだが……」

「なんだ？　お前が歯切れの悪い言い方をする時は、大抵何かした後だろう？」

なんだか不穏な会話ですわ。

どうやらこのお二人にとって、第一王子が後継者に選ばれては都合が悪いようですわね。

（……ところで、リヒト様は第何王子様なのでしょうか？　まさか、第一王子だったりしませんわよね？）

そう思ってしまったのが悪かったのか、それともだからこそ彼らの会話が気になったのか。

女の……あ、いえ。幽霊の勘が、優れていたのかもしれませんわね。霊感だけに。

「リヒト王子には、早いところ退場してもらわなければならないだろう？」

何かをやらかしたのであろう男性から出てきた言葉に、幽霊だというのに眩暈《めまい》を覚えそうになって。

『リヒト様が、第一王子……』

もはやわたくし自身も、何に一番衝撃を受けたのかよく分からなくなってしまっておりました。

「だからって、どうやってご退場いただくつもりだ？」

「簡単なことだ。たまたま差し入れのチョコレートに毒が仕込まれていて、運悪く亡くなってしまう。ただそれだけだ」

「そんなに上手くいくはずないだろうが。それで成功するなら、とっくに亡き者にされてるさ」

「いやいや！　今回は毒見役もこちら側だし、何より毒を仕込んであるのは右下の一つだけだからな。いつ食べるのかも分からないからこそ、意味があるんだ」

「そもそも、食べない可能性だってあるんだが？」

「そこは陛下より下賜《かし》された差し入れだと吹き込んである。実際一度は陛下の元に行っているから、まるっきり嘘でもない。陛下の目の前で用意した毒見役に箱の中から一つ選んで食べさせている以上、第一王子も下手に疑えないだろう？」

「それで陛下が口にされていたらどうするつもりだったんだ」

「そこは問題ない。陛下がお好きなチョコレートは別に用意してあるからな。たくさんは食べられないでしょうと誘導して、第一王子にもたまには差し入れをなさってはいかがですかと進言してある」

どうしてご自分で進言なさったのかしら。そんなことをして毒が仕込まれていたことを知られてしまったら、真っ先に疑われるでしょうに。

『おつむが足りない方なのかしら？』

とはいえ、こうしてはいられませんわ。急ぎリヒト様のもとに戻って、このことをお知らせしないと！

『待っていてくださいませ！　リヒト様！』

事は急を要するのですから、探検などと言っている場合ではありません。わたくしは急いで窓や壁をすり抜けて、リヒト様の執務室へと直行したのです。

やはり最初にお城を上から見ておいたのはよかったですわ。今こうして、最初とは逆方向へ向かうだけでたどり着けるのですから。

『リヒト様‼　今日の差し入れには、毒が仕込まれているようですから‼　右下のお菓子だけは、食べないようにしてくださいね‼』

「………君は……。便利と言えば便利だが、時折違う意味で怖いな……」

机に向かっていた手を止めて、窓から部屋へと入って来たわたくしを驚いたような顔をして見ているリヒト様は。

『……あら？　もしかして、まだ差し入れは届いていらっしゃらないのですか？』

「見て分かるだろう？　まだ執務の途中だ」

何枚かの書類を手元に広げながら、何かを書きつけていたようです。

羽ペンを握ったままのその手は、今にも書き込もうとしたまま止まってしまっていましたから。

『あら、わたくしったら。失礼いたしました』

「いや、まぁ、いいんだが……」

そして結局、何も書かずにペンホルダーに置いてしまわれるのですね。

なんだか、申し訳ないことをしてしまいましたわ……。

『え、っと……お仕事、続けていただいて平気なのですが……？』

「馬鹿を言うな。そんな話を聞いて、後回しになんて出来るか。先に聞いてからでも仕事は出来る。人が来たら君とは話せないだろう？」

な、なるほど！　確かにそうですわね！

「で？　何に毒が仕込まれているって？」

『差し入れのチョコレートですわ！　陛下から下賜される予定のチョコレートの、一番右下に仕込まれているそうなのです』

「チョコレート、ねぇ」

あら？　どうかなさったのかしら？

「わざわざ父上が好きなものを選ぶあたり、随分と質《たち》の悪い貴族だな」

なるほど。そう捉えるのですね。ですがそれすら狙っていたらしいので、きっとすぐに特定は出来るはずですわ。

そう思って口を開こうとした瞬間のことでした。

「リヒト様ー。陛下から差し入れが届きましたよー。休憩にしましょー」

ノックもせずに部屋の中に入って来たのは、リヒト様と同じくらいの年齢に見える方。

ぼさぼさの髪と眠そうな瞳が、とても印象的で。同時にどこか、気が抜けてしまいそうな雰囲気の男性でした。

「カーマ、ノックをしろと何度言ったら――」

「えー？　いいじゃないですかー。堅いこと言いっこなしですよー。それよりほら、早く入ってください。僕お茶の準備もしてきたんですから」

そしてその後ろから入って来たのは……。

『ッ⁉』

なぜか睨《にら》むようにリヒト様を見ている、大柄な男性が手に持つそれは。

綺麗な箱に包装されているけれど、明らかに。

『それの右下が毒入りです。食べないでください』

陛下からの差し入れだという名目で持ち込まれた、毒入りのチョコレート。大柄な男性がその箱だけを持っているからこそ、余計に目立つのです。

そして他の方がいる手前、私に言葉を返せないリヒト様は。

一度だけ私を横目で見て、小さく頷いてくださったのでした。

「全く……。仕事が進まないだろうが」

「休憩も大事ですよー」

当然のように執務室内のローテーブルに用意されていくティーセット。その横には、小さな箱に入ったまま包装だけが取り除かれているチョコレート。

高級品なのでしょうね。ふたが開けられているそれは乱雑に入れられているわけではなく、一つ一つの間に仕切りがしっかりとあるので、割れることもヒビが入ることもないように工夫されているように見えました。

その、一番右下のチョコレートに、おそらく毒が仕込まれているのでしょう。

ふたが取り外しの形ではないので、しっかりと上下左右が分かるようになっているのは、一つだけ抜かれている場所にあったチョコレートを、毒見役が間違えずにとれるように、かしら？

『それにしても……。命を狙われるような生活、だったんですね。リヒト様』

わたくしの言葉になのか、それとも目の前で着々とセッティングされていく状況になのか。ふっと小さく息を吐いたリヒト様は、仕方がなさそうにローテーブルとセットのソファに腰を下ろしました。

毒入りだと分かっていても、きっと口にしなければならない事情がおありなのでしょうね。

(それはまた、あとでお聞きすればいいだけのことだもの。それよりも今は)

この状況下で、どうやって毒入りのチョコレートを残してもらうか、ですわよね。

「じゃあお先にいただきますねー」

「本当にお前は……。勝手にしろ」

「はーい。いっただっきまーす」

どう考えても非常識なのですが、なぜそれが許されているのかが不思議でならないのです。

ただおそらくリヒト様の側近なのであろう、カーマと呼ばれていたその方は。なんと真ん中のチョコレートを一つ摘まんで、お行儀悪くポイっとお口の中に放り込んだのです。

「ん〜〜〜〜！　おいしー！」

「よかったな」

その様子を見ながら、リヒト様は用意された紅茶を一口。そのあとに、同じようにチョコレートに手を伸ばして口へと運ばれました。

どちらも、右下のチョコレートにはまだ手を出してはいらっしゃいませんけれど……。

（どうしてあの方、ずっと睨んでおいでなのかしら）

そのチョコレートを持って来た大柄な人物は、なぜか部屋の中でお二人のことを睨み続けていらっしゃいます。

しかもお二人ともにそれが当然かのようにしており、その男性の分の紅茶は用意されていないのですから、なおさら不思議で。

（護衛騎士、ではないですよね。剣を持っていませんもの。でもそれなら、どうしてここに留まるのかしら？）

渡して終わり、にできない理由でも？　リヒト様が口に入れるかどうか、確信がないから？

確かに、その可能性は否定できませんけれど。

それからどうして、この方は髪を全て剃っておいでなのかしら？　顔と頭の区別がつきませんわ。どこまでが額なのかしらね？

「おいしいですねー。さっすが陛下への献上品！」

「父上はチョコレートがお好きだからな。おそらくはお好みの店の物ではなかった上に、大量だからと回ってきたんだろう」

「ラッキーでしたね！」

「お前にとってはな」

「はい！」

和やかな会話とは裏腹に、どこか緊張感があるのは異質な存在のせいなのか。

それともわたくしが、真実を知っているからなのか。

そんなことを、考えていた時でした。

「失礼。おや、休憩時間にチョコレートとは。随分と優雅ですねぇ」

今度はノックの音のあとに、返事を待たずに入ってくる若い男性。

何でしょうね。全体的に、ここには失礼な方しかいらっしゃらないのでしょうか？

（お相手は第一王子だというのに、随分と礼を欠いた振る舞いの方々ばかりですのね）

とはいえ完全なる部外者であるわたくしが、口を挟むわけにはいきません。

挟みたくても、リヒト様にしか届かないのも事実ですけれども!!

「どうかされましたかー？」

「あぁ、お前か。フォンセ様より、追加の仕事だ。あの方はお忙しいからな。こちらで処理すべきものを持って来ただけだ」

フォンセ様って、どなたなのかしら？

そしてその言葉と態度に違和感を覚えたのは……おそらく、気のせいではないのでしょうね。

（なにかが、おかしいですわ）

そうわたくしが確信を持てるほど、リヒト様を取り巻く環境は本来あるべき姿を保てていないのですから。

「お預かりしますねー。ところでフォンセ様の所には、陛下から何か下賜されていないのですかー？」

「休憩する暇もないほどお忙しい方だからな。いい気なもんだ。執務中に優雅にティータイムなど」

『あら、休憩は必要ですわよ？　ずーっとお仕事し続けるなんて、体に悪いですもの』

「なるほど、フォンセの所には何も行っていないのか」

「だからどうしたって言うんです？　第一王子だから、ご自分は特別だとでもおっしゃりたいのですか？」

「いや……。父上は平等がお好きな方だからな。おそらくは伝え忘れたんだろう」

そう言いながら、なぜかリヒト様はチョコレートのふたを閉じて。そのまま書類を持って来た男性に渡してしまわれました。

「……どういう、つもりですか？」

「兄弟二人で分けろというおつもりだったんだろう。こちらも確認せずに悪かったな。残りはフォンセが楽しめばいい」

「食べかけを、お渡ししろ、と？」

「嫌だと言われたら、使用人たちで分ければいいさ」

さわやかに笑っていらっしゃいますけれども……。リヒト様、それ、毒入りですよ？

しかも先ほど、兄弟とおっしゃいませんでしたか？

毒入りのチョコレートを、おそらく唯一であろう兄弟に渡すリヒト様。

（あぁ、なるほど。兄弟仲が、非常によろしくないのですね）

王位継承権を巡ってなのか、それとも他に理由があるのかは分かりませんけれど。

ただおそらくリヒト様に毒入りのチョコレートを差し入れしてきた貴族は、おそらくそのご兄弟であるフォンセ様の派閥の方なのでしょうね。

「リヒト王子っ！　それは陛下から王子へとお預かりしたものでっ――」

「あぁ、私はちゃんと一つ頂いた。それならばせっかくの美味いものを、他者とも共有したいと思って何が悪い？」

「ッ‼」

今の今まで黙ってお二人を睨んでいただけだった大柄な男性が、なぜか焦ったように言葉を発したのですから。間違いないのでしょう。

けれど一見柔和《にゅうわ》そうに見えるリヒト様が、鋭く男性を睨み返したからなのでしょうね。驚いたように黙ってしまわれました。

（気圧された、というところなのでしょうね）

優しそうに見えても、やはり第一王子ということなのでしょう。その肩書きに見合う眼力を、しっかりとお持ちなのかもしれません。

それと驚いたまま、頭に汗をかいているのがわたくしからは丸見えなのですが。その焦り方、尋常ではありませんね。怪しいですわ。

「なるほど？　ではまぁ、今回はもらっておいて差し上げましょう」

「あぁ。楽しんでくれと伝えておいてくれ」

「あぁ！　チョコレートぉぉ……」

「カーマ、追加の仕事だ。今日中には終わらないだろうから、期限が早いものを仕分けてくれ」

「うぅ……はぁ〜い……」

お二人のそんなやり取りを、どこかバカにしたように鼻で笑って。

「では、失礼しますよ」

入ってきたとき同様、頭を下げることなく背中を向けて去って行く若い男性と、

「わ、私もこれにて失礼します！」

焦ったようにその後を追うように出て行く大柄な男性。

結局、お二人ともお名前が分からないままでしたけれど。

「カーマ、ここはいい。至急父上に私へ下賜するよう進言した貴族を特定してくれ」

「承知いたしました」

それよりも急に顔つきから声色から話し方まで変わってしまわれたカーマ様の様子に、わたくしは余りにも驚いてしまいまして。

気が付いた時には、既に執務室の中にはリヒト様お一人になっていらっしゃいました。

（な、なんて素早い……！　い、いえ。それよりもっ。今までの様子とはまるで別人ではないですか‼）

唖然《あぜん》としているわたくしに、リヒト様が一つ笑みを零して。

「カーマはな、本当は優秀なんだ。夜も落ち着いて眠れないほど警戒していなければならない私についているには、愚か者を装うしかなかった。だから普段はあんな態度なんだ」

『まぁ！　ではまさか、先ほどの行動全てカーマ様の計算通り、ということでしょうか？』

「だろうな。チョコレートを先に食べたのも、毒見の代わりだ。まぁ今回ばかりは、私の方が冷や冷やしながら見ていたが」

どれが毒入りなのか、既にご存じでしたものね。

それにしても、夜も安心して眠れないなんて。そんなことでは、体を壊してしまいますわ。

それに！　今こそ、わたくしの出番なのではなくて⁉

『大丈夫ですよ。夜はわたくしが見張っていますから』

「君が？」

『幽霊ですから、誰にも警戒されませんもの！』

ただ一つだけ問題があるとしたら、眠くならないかどうか、でしょうか。

体がないので大丈夫だと思いたいのですが、どうなのでしょうね？

「君は……幽霊だから、眠くならないのか？」

『さぁ？　どうでしょうか？』

「は？」

『わたくし、先ほど自分が幽霊になったことに気付いたばかりですもの。まだ夜を迎えたことは一度もありませんわ』

「じゃあどうして言い切れた⁉　なぁ⁉　どうして見張っているなんて言い切れたんだ⁉」

『眠くなるのなら、昼間に寝てしまえばいいのです‼　なので今日の夜からは起きていますわ‼』

「逆に心配になる‼」

まぁ、酷いですわ。

ただあちらこちらを見て回りましたけれど、今のところ疲れは一切感じていませんもの。きっと何とかなりますわ。

『それよりも！　ご兄弟に毒入りのチョコレートをお渡ししてしまって、よろしかったのですか？』

「あぁ、それは問題ない。元々第二王子派の誰かが仕組んだことだろうからな。今回フォンセは関わっていない上に、詳細を伝えられていなかったんだろう。今頃真実を知って驚いているんじゃないか？」

もしくは悔しがっているかもな。なんて。

そうおっしゃるリヒト様は、どこか人が悪そうな笑みを浮かべておいでですけれど。

『……どうして、ご兄弟同士でそのようなことをなさっているのですか？』

「別に私は何もしていないぞ。誤解を生むような発言はやめてくれ」

『あら、そうなんですの？　では一方的に、リヒト様はご兄弟から命を狙われている、と？』

「兄弟と、その母親から、だな。理由なんて、私が第一王妃の息子であり、第一王子だからというだけで十分だろう？」

つまり。

どうしても王位が欲しい腹違いの弟と、どうしても息子を国王にしたい母親。

リヒト様を亡き者にして、王位継承権第一位に躍り出ようということなのでしょうね。

「父上には私とフォンセしか子がいないからな。私が消えれば、当然跡を継ぐのはフォンセただ一人だ」

『けれど、それにしては余りにも……』

第一王子であるはずのリヒト様の権力が、なさすぎる気がするのです。

そもそもどうしてカーマ様が、愚か者であるかのように振舞わなくてはならないのか。そしてどうしてこんなにも、人手が少ないのか。

疑問に思わない方がおかしいほどの、強すぎる違和感。

「この国は、腐敗が進み過ぎている。父上が国王になったのも、ご兄弟である兄上方を次々と亡くされたからだ」

「父上の意思ではない。父上を王座に据えて、傀儡《かいらい》にしようと目論んだ貴族たちの仕業だ」

『なんて酷いことを……』

つまり陛下は、大切な家族を貴族たちの身勝手な欲望によって奪われてしまわれたのだと。

そうして強い権力を手に入れた今、今度はリヒト様の存在が邪魔になった、と。そういうことなのでしょうね。

そして今のお話から推測するに、おそらく首謀者は……。

『ご兄弟のお母様の、そのさらにお父様が怪しいのですね』

「その通りだ。というかむしろ、今の状況を先導しているのがそいつだな」

これでようやく全ての実権を握れると思った矢先に、自分の娘よりも先に第一王妃が王子を産んでしまった。だから邪魔になった。そんなところなのでしょう。

『これは……先ほどの方を追いかけてみる必要がありそうですわね』

「……何を考えているのか、一応聞いてもいいか？」

『ずばり、敵情視察！　ですわ！』

まずは敵を知ることから、ですわね！

知らなければ対策の立てようもありませんし、弱みも握れませんもの！

「いや、別にそんなものは必要――」

『わたくし、見失わないうちに追いかけてきますわね！』

「あ！　おい!!」

これでようやくリヒト様のお役に立てそうですわ‼

張り切って、ごー‼　なのですわ‼


急いで壁をすり抜けた先には、長い長い廊下の端。どこが額と頭の境目なのかが分からなかった大柄な男性が、ちょうど角を曲がる姿が見えました。

『らっきーですわ！　もう少し遅かったら、間に合わなかったかもしれませんものね！』

どうせならと一度外に出てから、真っ直ぐ曲がった先に向かっていたわたくしの目の前の、少し先の窓の内側。フォンセ様の側近であろう方の姿も見えたのですから、さらにらっきーですわね。

『……あら？　急いで部屋を出て行った割には、随分と間隔をあけていらっしゃいますのね』

見つかったら困るような間柄なのかしら？

わたくしはあの方々のお名前も存じ上げないので、人目がある場所で親し気にされることが不利益を産む可能性があるのかどうかも分かりませんけれども。

『けれど明らかに距離を取っていますもの。おそらくはこのまま、人目につかない場所までついていくおつもりなのでしょうね』

第二王子派であることは明らかでしょうから、毒入りのチョコレートの存在をこんな場所で大っぴらにお話しできない、と。

まぁ、そんなところなのでしょう。

『それにしても……。リヒト様の執務室は、廊下の端の端でしたのに……弟であるフォンセ様の執務室は、いったいどちらにあるのかしら？』

このままだと、お城の中心部に第二王子でありながら執務室をお持ちということにならないかしら？

それとも、反対側に位置している、とか？

『そんなこと、あり得るのかしらね？』

見えていない、聞こえていないのをいいことに、窓の外をふよふよと浮きながらの独り言。

これが生身の人間でしたら、完全に不審者でしょうけれども、幽霊ですからね。何の問題もありませんわ。

『あ。そもそも生身の人間は、宙を浮けませんわね』

まさかこんなところに密偵が潜んでいるなどとは、きっとどなたも想像すらなさらないでしょうし。

本当にこの体、便利ですわね。

『あら？』

わたくし一人で少しだけ楽しくなってしまっていたら、いつの間にやらフォンセ様の側近であろう方の姿が見えなくなってしまって。

ついつい焦って、窓から廊下へと入り込んだ先で。

「失礼いたします。フォンセ王子に、急ぎお伝えしたいことがございまして参上いたしました」

先ほどの額と頭の境目の分からない大柄な男性が、リヒト様の執務室よりもずっと豪華な扉の前でそう内側に声をかけていらっしゃいました。

つまり。

『ここが、リヒト様の弟君であるフォンセ様の執務室……』

随分と、ご兄弟で差がありますこと。

いえむしろ、リヒト様が遠ざけられ邪険にされていらっしゃるのかしらね、これは。

『場所さえ分かってしまえばこちらのもの、ですわ！』

額と頭の境界が分からない大柄な男性は放っておいて、わたくしは一人悠々と扉が開くより前に部屋の中に侵入してみせます。

壁抜けはお手の物、ですからね！

『さて、と。一番偉そうな方は、どちらかしら？』

どう考えても執務室ではなさそうな、煌びやかというにはいささか以上に目に優しくない黄金の部屋の中で。

あ、なんだか趣味の悪そうな壺も置いてありますわね。

きっと部屋の主であるフォンセ様は、きっとこれまた目に優しくない黄金の椅子に……。

『まぁ。本当に黄金の椅子に腰かけていらっしゃるなんて。布地だけでなく刺繍も金ですの？　なんて悪趣味な』

ちょっと、わたくしの感覚からしたら考えられませんわね。あまりにも盛りすぎていて。

豪華であることは良いとしても、節度という物があるのではないかしら？

それに……。

『性格悪そう……おっと、いけませんね』

つい、本音が漏れてしまいましたわ。いけないいけない。

けれど癖のある黒に近い茶の髪は、だらしなくあちらこちらにはねていて。

暗ーい青の瞳は、重そうな瞼で上が隠れてしまっているのですもの。

『これではただの肉の塊ですわ』

どう考えても有事の際に動けないでしょうに。周りの方々はどうお育てになっていらっしゃるのかしら？

王子の威厳も何も、あったものではありませんわね。


「はぁ!? 毒入りのチョコレート!? ふざけるな！！！」

あぁ、顔を真っ赤にして怒鳴《どな》っていらっしゃいますわね。

けれどどうにも迫力に欠けますわ。むしろ滑稽《こっけい》にしか見えないのは、わたくしの性格が悪いからかしら？

先ほどのリヒト様は、声を荒らげることもなく大柄な男性一人黙らせることができましたのに。

「も、申し訳ございませんっ……!!」

「母上に言いつけるぞ!? ボクの所にこんなものを持ってくるなんて!!」

「そっ、それだけはどうかご勘弁を!! 悪気があったわけではなく、邪魔な第一王子を排除しようとした結果でして!!」

「アイツのことを第一王子とか言うな!! 本当はボクが第一王子になるはずだったんだ!!」

まぁまぁ。まるで子供の癇癪ですわね。

もういっそ、その母上とおっしゃる親の顔が見てみたいですわ。

「気が変わった。言いつけない代わりに、今から自分で母上に報告に行け」

「は、え……？」

「聞こえなかったのか？　ボクの言葉が理解できない耳なら、いらないだろ？　誰かこいつの耳をそぎ落とせ」

「い、いえ!!　聞こえておりました!!　はい、もう、直ちに行ってまいります!!」

「フンッ」

あらあらまぁまぁ。過激ですこと。

けれどこの言われた側の怯えよう。これは実際に何度もやっていますわね。

『なるほど。確かにこれは腐敗、ですわねぇ……』

王族の横暴が、目に見える形になっているというのに。誰も止められないのであれば、それはもう腐りかけに他ならないでしょう。

リヒト様がこれ以上の腐敗を阻止したいと思われるのも、当然といえば当然のことなのでしょうね。

『あら？　本当にフォンセ様のお母様の所に向かわれますのね？　でしたらわたくしもご一緒させてくださいな』

額なのか頭なのか分からない部分に、大量の冷や汗をかきながら。大柄な男性は、急いで先ほどくぐった扉の向こうへと消えていきました。

わたくしは例のごとく、壁をすり抜けてしまえばいいだけですもの。気楽なものですわ。

「まったく。役に立たない貴族ばっかりだな」

「フォンセ様には相応しくないのでしょうね。いらない王子の排除と共に、そういった役立たずの貴族も順次始末いたしましょう」

「なるべく早くしろ」

「承知いたしました」

後ろから聞こえてくる会話も、かなり物騒ですけれど。今はそれどころではないのです。

しかしどうでもいいのですが、リヒト様に執務を押し付けるほどお忙しいようには見受けられませんでしたわ。単純に、やりたくないだけだったのかしら？

『もしくはその能力もないのかしらね？』

当然のように壁をすり抜けて、まだ冷や汗を流し続ける頭頂部を眺めながら。聞こえていないのをいいことに、つい思っていることが口をついて出てしまいましたわ。

実際、あの部屋の中には書類一枚ありませんでしたもの。そもそも執務、していらっしゃらないのでは？

『って、あら？　フォンセ様のお部屋に向かう時よりも、ずっとお早いのでは？』

歩く速さが、先ほどの倍以上なのですけれど？　急がなければいけない理由でもおありなのかしら？

それとも単純に、早く終わらせたいだけ、なのかもしれませんが。

『わたくしとしては、どちらでも構いませんよ？』

なんて、聞こえていないことを分かった上で語りかけてみたりするのです。

これはこれで、楽しいものなのですよ？

「ジェロシーア様!!」

『ん……？』

なんだかそのお名前、先ほどもお聞きしたような？

そう、確かあれは目の細い……バッ……、バ…………バッタール宮中伯！　そう、あの方が確かジェロシーア様が開かれているガーデンパーティーが何とか、と……。

『あら？　確かにここはお庭のようですわね。それにあちらこちらに大勢の人と食べ物が』

まぁまぁ、わたくしったら。考え事と頭頂部に夢中になるあまり、周りが見えておりませんでしたわ。

だってあの方、本当にびっくりするほど汗を流していらっしゃったのですもの。気になって仕方がありませんでしたわ。

「まぁ！　こんな場所で大声であたくしを呼ぶなんて、どこの恥知らずかしら？」

『あら、まぁ……』

一目見て、理解してしまいました。この方がフォンセ様のお母様なのでしょう、と。

髪の色も瞳の色もそっくりなのですもの。それでいて、フォンセ様とは対照的に極端に痩せておられて。

『足して、半分になられた方がよろしいのではなくて？』

見た目の美しさという意味でも、健康という意味でも。

最初にそこが気になってしまったくらいには、あまりにも細すぎたのです。

「し、失礼いたしました！　ですが、急ぎジェロシーア様にお伝えするようにとフォンセ様から……」

「まぁ！　あたくしよりも息子の方が優先されるとでも言いたいのかしら？」

「け、決してそのようなことは!!」

「それならこのパーティーが終わるまで待っていなさい。特別に好きなものを口にすることを許すわ」

「は、はい！　ありがとうございます！」

あらあらまぁまぁ。子が子なら親も親ですのね。本当に、そっくりですわ。自分勝手なところが。

けれどあの男性からすれば、ある意味助かったのかもしれませんわね。

『それにしても……リヒト様が一人執務室に籠られている間に、弟は執務を放棄、その母親はパーティーですか』

なんとまぁ、酷い母子なのでしょう。

国王様と第一王妃であるリヒト様のお母様には、まだお会いしたことがありませんけれど。そちらはまともな方々だと信じたいですわ。

『この国、本当に大丈夫なのかしら？』

これではリヒト様でなくとも、心配になるというもの。

本当に……

「本当に、第一王子を消せばこの状態を続けられるのか？」

……おや？　ここでもまた、リヒト様の話題でしょうか？

といいますか、本日何度目なのでしょう。この会話。

「フォンセ様なら、ご自分の好きなことは全て許容してくださるだろ？」

「だからこそ次の国王に、か。だが執務は誰にやらせる気だ？」

「第一王子を表舞台から消せばいいだけだろう？　どこかに監禁でもして、執務はそちらに全て押し付ければいい」

声のしている方へ歩み……あ、いえ。浮き寄れば。

怪しい人物、発見！

『いえむしろ、監禁とはどういうおつもりですか！　監禁とは!!』

リヒト様を監禁して、執務だけをさせようということですか!?

確かに命は奪われておりませんが、それはリヒト様の幸せを全て奪う行為に他ならないではありませんか!!

第一、フォンセ様が国王になってしまえば、この国はどうなるというのです!!

「だがそれをジェロシーア様が許してくださるのかどうか……」

「フォンセ様も、自分が第一王子でなかったことを恨んでおられるではないか」

「とはいえ、他に手はあるか？　優秀さは第一王子の方が上なのは確かだろう？」

「フォンセ様は執務をなさらないだけだ。優秀さにおいてどちらが上なのかは、今の段階では分からない」

「むしろ他者を働かせて自分は働かないなど、フォンセ様の方が王族として優秀ではないか！」

「ハハハ！　確かにそうだな！」

楽しそうな笑いが起きていらっしゃいますけれど。皆さん、お酒を召されておいでですね？　顔が少し赤くなっておりますよ？

そうなるほどの量を飲まれているのか。いえむしろ、このガーデンパーティーは一体いつから開かれているのか。

しかもこれだけ大きな声でお話しされているにもかかわらず、周りも気にしていないのが異様ですわね。

『甘い汁を吸う貴族ばかりが集まっている、と。そういうことなのかしら？』

さながら虫たちの集まりね。あの子たちも、花の蜜や樹液のような甘い汁が大好きだから。

でも虫たちの方がよっぽど役に立ちますわ。あの子たちのおかげで、植物は実をつけるのですから。

『リヒト様が王になられるべきという意見には、大いに賛成いたしますわ』

このままではいずれ、そう遠くない将来この国は腐り落ちてしまう。

いえむしろ、今既に落ちようとしているのかもしれませんわね。

『民の暮らしは、どうなっているのでしょうか……』

王族や貴族がこんなにも贅沢な暮らしを続けていては、民は搾取される一方なのでは？

そうなれば……。

『自分たちも生きてはいけないのだと、なぜ気付かないのでしょうね。彼らは』

これは早急に優秀な人材を集めて、リヒト様が彼らを追い出さなければ。

この国に、未来はありませんわね。

「だがまぁ、提案だけはしてみてもいいんじゃないかね？」

「おや、侯爵もそう思われますか？」

「命を奪うことはいつでもできるが、奪ってしまった後に能力だけを利用することはできないからねえ」

整えられた髭を撫でながらそう言うのは、ワイングラスを持っていながらも顔が赤くなっていない老紳士。

この方、今の今までこの会話をどこかで聞いていらしたのかしらね？　自然に会話に参加されましたけれど……。

「ジェロシーア様が是とおっしゃるのであれば、我が家を監禁場所として提供するのもやぶさかではないが。いかがかね？」

「なんと!?　侯爵のお屋敷の一室を貸していただけるので!?」

「そのくらいの協力はしようじゃないか。何より利用するのであれば、生かさず殺さず、が鉄則だよ」

「牢や塔に閉じ込めるのでは足りないと？」

「足りないとは言わんがね。下手に人の行き来がなさ過ぎても、何が起きるか分からないじゃないか。逃げられたらどう責任を取るつもりかな？」

「うっ……」

「そう言われますと、何とも言い返せませんが……」

「だろう？」

……なんでしょう、ね？　この侯爵と呼ばれた老紳士、どこかほかの方々とは雰囲気が違いますわね。

それにやけに具体的ですわ。まるで最初から計画していたかのよう。

この場にいる方たちは、大なり小なりそういったことを考えたことがおありなのかしら？　そうでなければ、そんなに簡単に口にできないはずですわよね？

「ちょうど今ならばジェロシーア様も手が空いておられるのだし、飲み物をお持ちして差し上げるついでといっては何だけれど、提案してみたらどうかね？」

「な、なるほど。確かに」

「ジェロシーア様は香りの強いワインがお好きなようだからね。私が今持っているこれと同じ物をお渡しするといいんじゃないかな？」

「あ、ありがとうございます！」

「さっそく行ってきます！」

「あぁ。行ってらっしゃい」

まぁ。この侯爵様、恐ろしい方ですわね。

ご自分のお屋敷を提供すると口にしていながら、決して直接ジェロシーア様にはお伝えしないで。他の人物を使って、自らの意見を伝えさせるなど。

『上手くいけば手柄を譲ったとしても、恩を売れる。失敗しても自分は関係ないと白を切ればいい。そういうことかしらね？』

自らの手は汚さない主義のお方なのかしら？

彼らも当然のように受け入れて、うまく操られてしまっていますし。

「ジェロシーア様」

「あら、なに？」

「大勢の方とお話しされておりますし、そろそろ喉が渇く頃かと思いまして」

「まぁ、気が利くこと」

ジェロシーア様の好みを把握されていたことから考えても、かなりやり手の老紳士なのでしょうね。あの方がリヒト様の味方でしたら、きっと心強かったでしょうに。残念ですわ。

「ところでジェロシーア様」

「今後のことで、我々から提案が」

「提案？　なに？」

まぁでも、老紳士の手腕が凄いのもあるのでしょうけれども。きっと信頼されるような、実績のある人物だということもあるのでしょうけれども。

「邪魔な第一王子を世間的には亡き者としたうえで、どこかに監禁して執務を続けさせるというのはどうでしょう？」

「ジェロシーア様もフォンセ様も、煩わしい執務を最大限減らして日々を穏やかにお過ごしになられるべきだと我々は常に思っておりまして」

「まぁ！　確かにそれもありよね！」

この方たちのおつむが、だいぶ残念なのも理由なのでは？

「でもあたくし、アレの顔も見たくないわ。生きて同じ場所にいることすら憎らしいのに」

「でしたら城の外に出してしまえばよいのです！」

「何も同じ場所に住まわせる必要などないのですよ。何せ世間的には死人、なのですから」

よく堂々とまぁ……。

わたくし、そんなことをこんな誰が聞いているかも分からないような場所で口にできる、この方たちが理解できませんわ。

あまりにも楽しそうに盛り上がる会話が、まさか全て筒抜けだなんて思ってもみないのでしょうけれど。

この計画、確実に潰してやりますわ！

と、いうわけですので。


『大変ですわ！』

戻ってまいりました。リヒト様の執務室。

「…………君は、もう少し、こう……相手の状況を考えようとか思わないのか？」

『あら、失礼いたしました。何かお取込み中でしたか？』

「必要な書類へのサインを間違えたら、どうしてくれるつもりだったのか」

『まぁまぁ！　それは大変ですわ！　大丈夫でしたの？　書き損じたりしておりませんか？』

「……心配の仕方が、微妙に違わないか？」

なにか間違っていたでしょうか？

実際リヒト様が書き損じてしまわれたら、もう一度その書類を作成しなければなりませんもの。そうなったら手間ですわ。

「もう少し静かに入って来られないのか？」

『急ぎの用件だったのですもの！　それにわたくし幽霊ですわよ？　幽霊が静かに横に佇んでいたら、

気付いた時に驚きませんか？』

「…………それはそれで、驚くな……。いや、違う。もう少し普通の入り方があるだろう。声をかけるとか」

『ですからお声がけして入って来たではありませんか』

当然、壁からですけれども。

「はぁ……。まぁ、いい。で？　一体どうしたんだ？」

『わたくし聞いてしまったのです！　リヒト様を拉致監禁しようとしている、ジェロシーア様と貴族たちの会話を！』

「拉致監禁、ねぇ。死ぬよりは幾分かマシではあるが、どうせこの先も執務を放棄するつもりなんだろう？」

『まぁ！　どうしてお分かりになったのですか!?』

「大体なにが理由でそういう流れになったのかは、もう経験上想像がつく。直接的な私の死を計画しないあたり、どこかの誰かの入れ知恵だろうな」

なんと!?　そこまでお分かりになられるなんて!!

一体どんな経験をされて、その結論に至ったのか。一度聞いてみたいところではありますけれども。

今はそんなことよりも。

『どうされるのですか？　だいぶ本格的に、夜中にリヒト様の寝所へ刺客を忍び込ませようと計画なさっていましたよ？』

「いつものことだ。刺されるか攫《さら》われるかの違いしかないのなら、迎え撃てばいい。しばらくは毒入りの紅茶でも用意させておくか」

まぁ、物騒。

けれどそこまで用意しなければ、きっと安心できないのでしょうね。

そしてそういった予防策がすぐに出てきてしまうほど、何度も狙われてきたのでしょう。

『リヒト様はゆっくりお休みください。わたくしが見張っておりますので、ご安心くださいませ！』

「……あぁ、うん。気持ちだけは受け取っておく」

あら？　どういうことかしら？

もしかしてわたくしでは安心してお休みになれない、と？

『問題ありませんわ！　わたくし夜は寝ないと決めましたもの！』

「いや、だから。そもそも幽霊は睡眠を必要とするのか？　なぁ？　必要とするものなのか？」

『さぁ？　どうなのでしょうね？』

「曖昧《あいまい》過ぎるだろう!!」

仕方がないのです。だってわたくし、幽霊になったことに今日気づいたばかりなのですもの。

新米幽霊なのですわ。幽霊初心者なのですわ。

「まぁでも、フォンセは何もできないだろうし、してこないだろうな。あいつにそこまでの度胸はない」

『まぁ。そうなんですの？』

「あぁ。だから警戒すべきは、第二王妃の方だけだろう。ちなみに貴族の名前か特徴は分かるか？」

『お名前は分かりませんわ』

「特徴だけでもいい。あとでカーマに調べさせてみる」

『まぁ！　カーマ様はそんなこともできますの⁉』

「逆に周りが油断してくれている分、必要以上に情報を仕入れてくるぞ？」

まぁまぁ！

ではわたくしも、カーマ様に負けないように頑張らなければなりませんね！

幽霊の、矜持にかけて‼

◇◆◇◆

命を狙われるような生活は、幼い頃から当然で、もはや日常だった。

飲み物に、食べ物に、触る物に毒が仕込まれていることも当然だったが。何もない時に急に襲われることも、数え切れないほど。

そうやって生きてきたせいで、普通のことだと思ってしまっていた。

そして同時に、周りを常に警戒していた。

そう。

警戒していた、はずなのに。

『リヒト様!!　今日の差し入れには、毒が仕込まれているようですから!!　右下のお菓子だけは、食べないようにしてくださいね!!』

「………君は……。便利と言えば便利だが、時折違う意味で怖いな……」

何の前触れもなく、扉からですらなく部屋の中に入り込んできた彼女は、大きな声でそう告げて。

表情にも声にも出してはいなかったが、内心かなり驚いた。

いや、まぁ……扉や窓以外からでも入ってこられる存在など、普通の人間ではあり得ないのだから。

驚くのは当然といえば当然なのだろうが。

それでも大急ぎで帰って来たらしい彼女の言葉は、あまりにも不穏だったからこそ。

誰かが来る前にと、聞き出したそれは。

「チョコレート、ねぇ」

あまりにもいつも通りすぎて、もはや呆れるしかできなかった。

ただまぁ、父上にそれを献上したうえで下賜させようなどと。それに関しては許せる範囲を大幅に超えていたが。

毒見をそうと悟られずにやってみせたカーマに対して、こんなにもハラハラさせられたのは初めてだったかもしれない。

どうせ最初から一つ抜かれていたそれは、陛下への献上品だから毒見された後だと、安心だと誤認させるためのものだったにすぎないだろうし。

こういった場合、大抵は毒見役も共犯だ。チョコレートを持って来たこの男は、私が確実にそれを口にするのを確認するためについて来たに違いない。

それを理解していて、あえて連れてきたカーマは茶すら用意していなかった。あくまで食べるのはカーマと私の二人だ、と。事前に断られたのかもしれないが。

「失礼。おや、休憩時間にチョコレートとは。随分と優雅ですねぇ」

とはいえ、まさか第二王子陣営の者がこんな時に現れるなど、この男もその主も予想していなかっただろう。

実際私も予想していなかったので、どうやって全て食べずにこの男を部屋から追い出すべきかを考えていたのだから。

「……どういう、つもりですか?」

「兄弟二人で分けろというおつもりだったんだろう。こちらも確認せずに悪かったな。残りはフォンセが楽しめばいい」

「食べかけを、お渡ししろ、と?」

「嫌だと言われたら、使用人たちで分ければいいさ」

だが私からすれば、逆に好都合だった。

こんないらないもの、押し付けてしまえばいい。後で勝手に向こうで処理するのだろうし。

この時ばかりは、執務を私に押し付ける腹違いの弟に感謝してもいいと本気で思った。

実際焦った様子で毒入りチョコレートを追いかける姿は、内心ざまぁみろと鼻で笑ってしまうような滑稽さだったのだから。

だが。

だがっ!!

『これは……先ほどの方を追いかけてみる必要がありそうですわね』

「……何を考えているのか、一応聞いてもいいか？」

『ずばり、敵情視察！　ですわ！』

嫌な予感がして、幽霊である彼女に問いかければ。

案の定、予想通りの答えが返ってくる。

しかも、だ‼

「いや、別にそんなものは必要――」

『わたくし、見失わないうちに追いかけてきますわね！』

「あ！　おい‼」

この幽霊、人の話を全く聞かない！！！

確かに今のところは誰にも見えないかもしれないけどな⁉　もしかしたら誰か他に見える人間がいるかもしれないだろう⁉

そういうことは考えないのか⁉　なぁ⁉　考えないのか⁉

「………私には、彼女を制御するのは不可能かもしれない……」

ある意味、第二王妃たちよりも厄介な存在かもしれない、と。

そう思いながらも、なぜか本当のことをつい話してしまった私は、自分自身に少々驚いていた。

だが、まぁ。

『大変ですわ！』

………。

やっぱり、この幽霊。

私には制御できないことだけは、確実だと思う。

あぁ、そうそう。

彼女が心配していた拉致監禁についてだけどね？

いつものことだから、毒入り紅茶をかけて退治してやったよ。

本当に、懲《こ》りない馬鹿どもばかりだな。

3．黒幕の影

お見事。

そうとしか、言いようがありませんでした。

『リヒト様……本当に、慣れていらっしゃいましたね』

「だから言っただろう？　というか、本当に君は一睡もしていなかったんだな」

『えぇ！　一切眠気は襲ってきませんでしたわ！』

まさか計画を立てていたその日のうちに、リヒト様の私室に侵入者、なんて。

毒入りチョコレートの件といい、即行動しないと気が済まない方たちなのかしら？　ジェロシーア様たちは。

『けれど、よく毒入りの紅茶だけで退治できましたわね？』

「普通の毒じゃないからな。それにあれだけ濡れた状態で城内を歩いていれば、さすがに怪しすぎて捕まるだろう？」

確かに、おっしゃる通りですわね。

何があったのかは別としても、すぐに着替えられないというのは貴族としては大問題でしょうし。何よりそのままお城の中を歩くなんて、普通の感性ではありませんわ。

さらにその人物が貴族ではないのだとすれば、なおさら問題になりますもの。

「まぁ、あれで何人も再起不能にしてきた。今回の刺客も、もう二度と来ないさ」

『……わたくし、その毒の詳細をお聞きするの、やめますわ』

「その方が賢明だろうね」

いえいえ！　そんな楽しそうに笑って言うことではありませんわよ⁉

いったいどこから調達していらっしゃるのかしら？　聞きたいけれど、きっと知らない方がいいことも世の中には数多くあるのでしょうし。

わたくしは、善良な幽霊でいたいんですの。退治されたくないのですわ。

「ま、今回は第二王妃の仕業だと分かり切っている上に、それを提案した貴族も割れてるからな。後の処理がしやすい」

物騒ですわね⁉

『……あら？　どうしてジェロシーア様の仕業だと？　貴族が主導の可能性はないのですか？』

「こんな短時間で、私の部屋の場所や城の構造を知り尽くせるわけがないからな。おおかた提案された第二王妃が、用意していた計画を変更しただけだろうさ」

『それは、また……』

短絡的な思考、ですわねぇ……。

「フォンセはああ見えて、嫌がらせ以上のことはしない臆病者だからな。周りが勝手に動いて、フォンセの癇癪《かんしゃく》に応えているだけで」

『あー……。だから、ですのね』

貴族のあの怯えよう、確かに何度もやっていることなのだろうと思いましたけれど。

なるほど、癇癪という名の要望に、周りの者が応えてきた結果だったのですね。

「君の目から見て、フォンセや第二王妃はどうだった？」

『どう……』

　こう言っては、なんですけれど……。

『あまり、その……賢そうには見えませんでしたけれど？』

　しかも困ったことに、親子そろってなのですもの。

　あれでは周りに優秀な人材も集まらないでしょうに。

「ははっ！　確かにそうだろうな！　君は割と見る目がある！」

　いえ、あれを見てそう判断しない方の、感性を疑うべきなのでは？

　まぁ、とても楽しそうにリヒト様が笑っていらっしゃるので、わたくしとしては構いませんけれども。

「それで？　君はこれからどうするんだ？」

　ようやく笑いが収まったらしいリヒト様が、置いていた羽ペンに手を伸ばしながら問いかけてくるのですけれど。

　よくよく考えてみたら、どうして執務室内で普通にわたくしと会話ができていらっしゃるのでしょうね。本当に不思議ですわ。

『とりあえず、もう少し色々と見て回ろうと思っておりますの。結局全て回り切る前に、戻ってくることになってしまいましたから』

「そうか。いいんじゃないか？　行っておいで」

『えぇ。行ってまいります』

　彼らのことはひとまず置いておいて、まずは城内の探検再び、ですわ！

『リヒト様、一つお聞きしてもよろしいですか？』

疑問に思ったのは、お城の中を隅々まで探検する毎日を送る中で、様々なところで当然のように出くわしていたからなのです。

物騒な会話なのに、隠そうともしないことも多いそれは。

『どうしてこんなにも、貴族たちはリヒト様を目の敵にしているのでしょう？　特に何かをしていらっしゃるわけでもないですよね？』

なぜか、リヒト様を邪魔者のように扱う貴族たちばかり。けれど実際のリヒト様はただ毎日、執務室に籠っているだけなのです。

そこまで敵視される理由が、わたくしには全く分かりませんでしたわ。

「色々と私に不利な噂でも流して、自分に有利になるように事を進めようとするアプリストス侯爵の工作なんじゃないかな？」

『アプリストス侯爵？』

「アロガン・アプリストス。ジェロシーア第二王妃の父親だ」

第二王妃の父親、ということは。

『全ての元凶であり主犯ですわね!!』

なるほど！　確かにその人物にとっては、第一王子であるリヒト様は邪魔で仕方ないのでしょう！

なんだかわたくし、一気に納得してしまいましたわ。

「まぁ確かに、私が国王になってしまったら計画が狂うだろう。が」

『が？』

「……いや、何でもない」

なんでそこでやめてしまいますの⁉　気になるではありませんか‼

『そういうもったいぶった言い方はやめてくださいませ‼　気になって夜も眠れませんわ‼』

「君は最初から夜も寝ていないだろう⁉」

『気持ちの問題なんですの‼』

だって気になって気になって仕方がないではありませんか‼　なんというお預けですか‼

そこまで口になさったのなら、最後までおっしゃってくださいな‼

『一体何なんですの⁉　気になるではありませんか‼』

「ちょ⁉　近い近い‼　いくら幽霊でも、もう少し女性としての慎みを持てないのか⁉」

『今はそれどころではありませんのよ‼　さぁ‼　さぁさぁさぁ‼』

「〜〜〜〜〜〜っ！！！！　分かった‼　分かったから落ち着け‼　それ以上近づいたらすり抜けるぞ⁉」

『その時はリヒト様の胸元から顔を出してやりますわ‼』

「怖っ‼　なんだその不気味な構図は⁉」

想像してしまわれたのですね。

でもどちらかといえば、不気味というよりもシュールですわ。

「はぁ、まったく……。わかったわかった、言うから少し離れてくれ」

『はい！』

笑顔で元気にお返事。これ、大事ですのよ。

「先に断っておくが、私の勝手な推測に過ぎないからな？」

『それでもかまいませんわ！　さぁさぁ!!』

「はぁ……。別に、確信もなければ証拠も何もない、ある意味荒唐無稽な話かもしれないが」

ふんふんと頷くわたくしをちらりと見上げたリヒト様は、その金の髪をさらりと揺らしながら一つため息をついた後に。

「もしかしたら、そのアプリストス侯爵ですら利用されているのではないか、と。時折思うことがある」

そう、おっしゃったのです。

そして、それはつまり——

『黒幕がいる、ということですわね!!』

明らかに怪しい人物が主導、に見せかけての、実は真犯人が他にいる！

あり得ますわ！　そういった展開、物語にはよくありますもの!!

「あくまで私の推測だ。その域を出ることは、今のところはない」

『それは証拠がないから、ですか？』

「それもあるが、絞り切れないほど腐った貴族が多すぎるというのが一番の原因だな」

全員が怪しすぎて、もはや誰を疑えばいいのかすら分からない、と。

そう深～くため息をつかれるリヒト様は、きっと本気で悩んでいらっしゃるのでしょう。

『そういう時こそ、わたくしの出番ではないですか!!』

「……それで分かったら、苦労はしないんだが？」

『城内は一通り見て回って把握しておりますわ！　任せてくださいませ！　わたくし幽霊ですから、警戒されませんもの!!』

「見えないからな。そりゃそうだろうさ」

苦笑していらっしゃるその顔は、もしかして呆れているのでしょうか？

けれどわたくし、今の状況に納得できませんもの！　リヒト様のためにできることをやりたいのですわ!!

それにしても、リヒト様。

きっと気づいておられないのでしょうけれど、先ほどの物憂げなため息。俯いたせいで肩から滑り落ちた金の髪は、上質な絹糸のようで。

まるで、絵画が動いているかのようでしたわよ？

(この状態のリヒト様を誰か生きた女性が見ていれば、きっとお慰めしていたでしょうに)

わたくしは、触れられませんもの。

せっかくの動く絵画ならぬ生きた絵画。あ、いえ。リヒト様の物憂げな表情。

どなたも知らないまま、だなんて。残念でなりませんわ。

『正直、怪しい人物が多すぎますわ！』

「うん。私は数日前に君にそう言ったはずなんだが？」

ここ数日、わざわざリヒト様とは別行動をしていたというのに！

分かったのはあちらでもこちらでも、リヒト様の暗殺計画だとか誘拐計画だとか、第一王子が邪魔だとか。

『そういうお話ばかりなのですけれど!? 本当にこの国は大丈夫ですの!?』

「大丈夫じゃないから、そうなっているんだ」

はぁ、と。深刻そうにため息をつくリヒト様の気持ちが、なんだか身に染みて分かった気がしました。

わたくし染みるような身、ないですけれど。

「カーマにも長年探らせてはいるが、一向に相手は尻尾を掴ませない。だからとりあえず警戒すべきは、アプリストス侯爵だけなんだ」

『ジェロシーア様たちはよろしいのですか？』

「あっちは同じ王城内にいるのに、隠そうともしていないからな。逆に全て筒抜けになりすぎて、警戒する必要すらない」

それは……計画に穴があり過ぎませんこと？

やはり見た目通り、あまり賢くはない方々なのですね。そういう方のことを、確か、えーっと……。

『あぁ。残念な方々なのですね。ジェロシーア様もフォンセ様も』

「残念、って……。確かにそうだが、割と君も厳しいというかきついことを言うな」

『前に読んだ本に書いてありましたの！』

「本より先に自分の記憶を思い出してくれ⁉」

それができたら苦労しませんわ。今もまだ、何一つ思い出せないですし。

あらリヒト様。そんな風にため息をつかないでくださいませ。わたくしだってできることならば思い出したいのですよ？

「とにかく、だ。一人一人確認してまわっていても、時間が無駄になるだけだ。もっと別の方法を取るべきだと私は思うが？」

『別の方法、ですか？　例えば、どんなものがありますの？』

「少なくとも尻尾を摑ませないということは、王城内では尻尾を出してすらいないということだろう？　逆に考えれば、王城内で怪しい動きをした人間は除外できる」

『除外してしまってよろしいんですの⁉』

「怪しい人間なんて、貴族以外も含めて全員カーマが調べつくした。カーマが私を裏切っていない限りは、問題ない」

何という優秀さですか‼　第一王子の側近となられる方は、やはり違いますわね。

しかもリヒト様のおっしゃりようだと、相当カーマ様のことを信頼してらっしゃるようですし。

『……あら？　けれどそうなってしまうと、リヒト様やカーマ様が打てる手はもう殆ど残っていらっしゃらないのではありませんか？』

「その通りだ。だから困っているんだ。怪しくない人物まで疑わないといけない上に、暗殺者なんて捕まえたところで自害する奴も多いからなお困る」

自害……。それは、困りますわね。今は少しでも情報が欲しいところですのに。

「まぁ、だからこそ今はアプリストトス侯爵と関係のなさそうな貴族を、カーマに探らせているんだ」

『それで忙しそうにしていらっしゃったのですね。道理で』

おそらく唯一の側近であろうカーマ様が、ここ最近全く執務室にいらっしゃらないのはそのせいだったのですね。

おかげでわたくしは、普通にリヒト様と会話ができているのですけれども。

「しかもカーマがいないから、昼間は毒殺の心配もしなくていい。楽なものだ」

『そう、なのですか？』

「これでも一応私も王子だからな。王族が自ら紅茶を用意してまで、執務の手を止める必要もないだろう？」

それが、どう関係してくるのでしょうか？

わたくしがそう疑問に思っていることを感じ取ってくださったのか、小さく苦笑したリヒト様はさらに続けて。

「だからカーマがいない間の差し入れは、たとえ父上からの物であっても断っているんだ。取り次ぎも面倒だからな」

そう、おっしゃったのです。

けれど実は、わたくしと会話している間は手が止まっていることを知っておりますわよ？

そんなことを思いながら、机の上のペンホルダーに置かれたままの羽ペンを見ていたせいでしょうか。お行儀悪く頬杖をついたリヒト様が、どこかバカにしたように笑って。

「あぁ。下手に仕事ができすぎると、それはそれで目をつけられるんだ。能力なんて必要最低限見せておけばいい」

吐き出すようにそう言った表情が、なぜか。

しばらくの間わたくしの頭から離れなかったのです。


『リヒト様リヒト様、以前の毒入りチョコレートの件を覚えていらっしゃいますか？』

「ん？　あぁ、覚えている。それがどうかしたのか？」

『あの時の貴族たちが話していた会合とやらが、今度開かれるそうなのです。場所と日時を話していたのですが、どういたしましょう？』

「…………そこまで知られているとは、向こうは夢にも思わないだろうな」

彼らにわたくしの姿は見えないのですから、仕方がないのですよ。さすがに夢の中に、知りもしないわたくしは出演できませんもの。

「カーマを行かせるわけにはいかないからな。それとなく父上と母上にも伝えておこうか」

そう言いながらどこかから引っ張り出してきた古い紙に、何かを書きつけ始めるリヒト様。その目がこちらに向いて、促されるままにわたくしは見聞きした情報をお伝えする。

こんな日常が当たり前になってしまうほど、わたくしはリヒト様と共に生活しているというのに。

「本当に、君の存在は私にとっては有益だが、彼らにとっては脅威でしかないだろうな」

楽しそうにそんなことを口にするリヒト様に、わたくしはついつい恨めしそうな目を向けてしまうのです。

だって……だってこの第一王子様ときたら、未だにわたくしのことを「君」としか呼んでくださらないのですよ⁉

『リヒト様！』

「うわ⁉　な、なんだ急に⁇」

『これだけ長い間いるのですから、いい加減名前をくださいませ‼』

そう。わたくしは最近そのことが不満だったのです。

思わず目の前に飛び出してしまったとしても、仕方がないではありませんか。

「名前、って……。いや君、自分の名前も思い出せないんだろう？」

『そうですけれど！』

「それなら私が勝手に呼ぶわけにもいかないじゃないか」

『仮の名前でいいのですよ！　ニックネームのようなものですわ！』

「ニックネーム、ねぇ」

だってだって‼　名前が分からないからずっと名無しだなんて悲しいではありませんか‼

ニックネームでいいのです！　むしろ物語の中のコードネームのようなものでもいいのですよ‼

『とにかくわたくしは、ちゃんとした名前で呼ばれたいのです！　リヒト様が誰からも常に第一王子と呼ばれるようなものなのですよ⁉』

「それは………確かに、ちょっと嫌だな」

想像したのでしょうね。その美しいお顔を歪めていらっしゃるので、きっとわたくしの今の気持ちも分かってくださったことでしょう。

その証拠にリヒト様は、少しだけ首を傾げて顎に手をあてて、真剣な表情で考え始めました。

「名前、か。そうか、名前……名前、ねぇ……」

いいえ、そのように難しく考えなくてもよいのですが。

適当につけられるのも嫌ですが、悩ませすぎるのもなんだか悪い気がいたしますもの。

『あの、リヒト様……』

「そう、だな。トリア、なんてのはどうだろうか？」

『トリア？』

「私に必要な者かそうでない者かを、君は選別《トリアージュ》してくれている。だから、トリア」

『トリア……トリア、トリア……』

リヒト様の口から出てきた、リヒト様が考えてくださった名前をわたくしも口に出して反芻《はんすう》してみます。

不思議なことにどこかしっくりとくるその名前は、呼ばれればわたくし自身のことだとすぐに認識できるような気がして。

「……なんだ、不満か？　不満だっていうのならもう――」

『いいえ！　いいえ!!　気に入りましたわ!!　ありがとうございます！　リヒト様!!』

けれどわたくしの行動を逆の意味に捉えたリヒト様が、どこか不満そうに見上げて言葉を紡ぐので、わたくしは急いでそれを否定して、さらに満面の笑みでお礼を口にしました。

「っ……そ、それならよかった」

『うふふ。トリア、トリア。わたくしは今日からトリア、ですわね！』

「あぁ。これからもよろしく、トリア」

『こちらこそ、よろしくお願いいたしますわ。リヒト様』

名前というのは、不思議ですわね。幽霊であるわたくしですら、どこか存在がハッキリとしたような気分になりますもの。

リヒト様から頂いたトリアという名前。これから大切にいたしますわ。


「はぁ、まったく……」

珍しく自室でワインを傾けていらっしゃるリヒト様は、いつにも増して饒舌《じょうぜつ》で。けれどその涼やかなお声が紡ぐのは、人々のどす黒い闇ばかりなのです。

「私が邪魔だというのであれば、フォンセをもっと教育すればいいだけだろうに。あれが私に教師を押し付けたから、無能に育っただけじゃないか」

『まぁ。教師を？』

「おかげで私は何不自由なく、最高級の学びを得られたわけだがな。そこだけはフォンセに感謝するべきかもしれない」

そう言ってもう一口と、傾けたグラスから赤い液体がリヒト様の口の中に消えていきました。

お顔は全く赤くならないですけれど、結構な量のお酒を召されておいでなのですよね。大丈夫でしょうか？

「だがまぁ、それを生かしきれる場所もなければ話す相手もいない。無意味な知識だな」

『そんなことはありませんわ！　今後必要となる場面が必ず訪れるはずですもの！』

「はは。だと良いが、な。……こんな些細な愚痴を延々と聞いてくれるような相手すら、私には存在しない。そんな私に、知識が必要になる場面など――」

『まぁまぁ！　何をおっしゃいますかリヒト様！　愚痴ならば、ここにうってつけの人間がいますよ！　さぁさぁ！』

　あ、いえ。人間といいますか、幽霊ですが。

　まぁ、細かいことはこの際気にしないでおきましょう！

「………君が……？」

　あら？

　一人で納得している間に、リヒト様が意外そうな顔をしてわたくしを見上げていらっしゃいましたわ。

『まぁ！　心外ですわ、リヒト様。わたくしはリヒト様にしか見えない幽霊ではありませんか。わたくしこそ、リヒト様がいらっしゃらなければ存在意義が分からなくなってしまいますのよ？』

「いや、そこまでではないだろう？」

『いいえ。他の方には認識できない存在である以上、わたくしにとってリヒト様は唯一無二のお方なのです』

　この方がいらっしゃらなければ、今頃わたくしはただ彷徨うだけの幽霊になっていたことでしょう。いいえ、彷徨う幽霊が実際にいらっしゃるのかどうかは存じ上げませんが。

　何せわたくし、他の幽霊様にお会いしたことがないのですもの。

「トリアは、私を必要としてくれるのか？」

『当然ですわ!!』

「……そう、か」

『ッ⁉』

一瞬、ランプの明かりで照らされたリヒト様の御髪が、淡い光を放ちながらさらりと揺れて。

そこに浮かび上がった笑みは、その光のせいか陰陽が強く浮き彫りになっていて。

(本当に……まるで、絵画のよう……)

美しすぎるそのお姿に、思わずほぅとため息が漏れてしまいます。

わたくしが一人占めしてしまうのは、本当に許されることなのでしょうか？

「トリア？」

『は、はい。どうされました？』

不思議そうにわたくしを呼ぶリヒト様のお声に、つい胸が高鳴ってしまいます。

おかしいですわね。わたくし、肉体はないはずなのですけれど……。

「少しだけ……本当に少しだけでいい。くだらない私の愚痴に、付き合ってくれるか？」

『もちろんですわ！　朝までだってお付き合いできますわよ？』

「ふふっ。朝まではかからないさ。私が眠くなってしまうからな」

わたくしは幽霊ですもの。眠くはなりません。

ですが笑ってくださるのであれば、きっとそれで十分なのでしょう。

(普段よりも弱っていらっしゃるように見えるのは、きっとワインのせいなのでしょうし)

それが本音なのだとしても、お酒の力がなければリヒト様はこうして話してはくださらないでしょうから。そういう、お方ですもの。

だからこそ、こういう時は頼って頂かなければ。

（最初に申し上げた通り、わたくしは話し相手にはうってつけですから）

わたくしほど、秘密も愚痴も機密事項も全て他人に漏らさないような存在、いませんでしょう？　だってわたくしは、リヒト様だけが認知できる幽霊なのですから。

「第一王妃の子であろうと、王の長子であろうと、後ろ盾がなければ誰にも声は届かない。民たちが疲弊していることに、貴族たちは気付いてすらいないんだ」

普段よりも幾分か暗い声色ですけれど、諦めてはいないようにわたくしには聞こえました。

民に思いを馳せることができる次代の王族が、リヒト様しかいらっしゃらないのであれば。わたくしはやはりこの方以外が王になるべきでは、ないと思うのです。

「国とは民がいてこそ、だ。民がいない国など、それはもはや国ではない。腐り落ちるだけの何かだ」

『ジェロシーア様やフォンセ様、それに彼らの側に侍《はべ》る貴族たちは、自分さえよければ他は関係ないと思っている節がおありなのでしょうね』

「その通りだよトリア。彼らが毎日のように贅沢をするその一方で、税を巻き上げられる民は困窮《こんきゅう》している。明日どころか今日の食事さえままならないこともあるだろう」

手元にあるグラスの中身をゆっくりと回すその仕草そのものには、あまり意味はないのでしょう。けれどその澄んだ瞳は、別の何かを見据えていらっしゃるようで。

赤い波が寄せては返す儚さは、ランプ以外の明かりがない部屋の中では見落としてしまいそう。

「私はこうして食事も酒も難なく手に入る。もちろん毒殺の可能性がないわけではないけれど、それでもこの生活は全て民がいてこそ、だ」

この世界のどなたかにとっては、言葉の通り死ぬほど手に入れたい食事かもしれないというのに。それに毒を入れられる、捨てなければならない。

リヒト様の苦悩は、そこにもあるのかもしれないと。わたくしはつい、勝手にそう思ってしまうのです。

「だが……だが彼らには、それが何一つ見えていない。何も理解しようとしない。ただ沈みゆく船に、喜んで乗っているだけだ」

『その船に乗っていらっしゃる方々が、全員心からの笑顔を見せていることが恐ろしいですわね』

「そうだね。足元から沈んでいるのに、空ばかり見ているせいで何も見えていないんだから。はたから見たら、随分と滑稽《こっけい》だろうな」

小さくゆがめられた口元は、彼らを嘲笑《あざわら》うものだったのか、自らを嘲笑うものだったのか。それを判別するよりも先に、リヒト様は手元の赤い液体を全て飲み干してしまわれました。

確かにリヒト様の仰る通り、他国から見たらこの国の現状はさぞ滑稽なのでしょうね。国を動かす者たちが、自ら国を転覆させようとしているのですから。しかも、自覚一つなく。

「もとはと言えば、先代の王が貴族に過度な節制を強要したためだ。それによって様々な反発に遭い有能な人材が引きずり降ろされ、結果腐敗が進んでしまったのだから、当時の王族と臣下達に全く咎がなかったわけではないのだろう。その過ちを繰り返さないために王家から力を削ごうとしたのも、納得できるかどうかは別として理解はできる」

納得は……確かに、できるものではありませんね。リヒト様が直接、罪を犯したわけではありませんもの。

「だが、だからこそおかしいと思うべきじゃないか？　誰かは途中で気付くはずだろう？　良識ある貴族が、全くいないはずがない」

『だから、こそ。このような状況を招いた、貴族たちを裏で操る黒幕がいる、と？』

「あぁ、私はそう思っている。むしろそうでもなければ、説明がつかない。いくら父上の王位継承と共に多くの貴族が地方に飛ばされたとはいえ、あまりにも不自然なほどの速さで腐敗が進んでいる」

『国が立ちゆかなくなるよりも先に、沈めようとしているのでしょうか？』

「そうとしか考えられない。正直貴族などいなくても、役人が仕事をしていれば最低限国は回る。民たちは生活できるはずなんだ。それなのに……」

空になったグラスを両手で弄びながら、真剣な表情で睨みつけるリヒト様は。姿を見せないその存在に、静かな怒りを向けているようにも見えるのです。

この方が憂うのは、国の未来と民たちの生活。先ほどから出てくるのはそればかりで、ご自身の扱いに対して言及されたのは最初だけ。

(この方こそが、正真正銘王の器なのでしょうに)

それすら、姿が見えないどなたかは排したいと考えているのでしょうね。いえむしろ、だからこそ、でしょうか。

リヒト様に王位へ就かれてしまっては、国を沈められないと。その真意がどこにあるのかは定かではありませんが、そこだけは確実なのでしょう。

『他国からの間者などは？』

「最初に考えてカーマに調べさせた。だが、そもそもここ数十年あまり交流そのものがなかった。出て行った者も入って来た者もいない。先々代の国王陛下の時代から、だ」

『それは……他国からの侵略の線は、ほぼほぼ皆無ですわね』

「そもそも我が国には、アルージエ辺境伯がいる。王国の剣であり盾でもあるアルージエ家がある限り、外からの侵入は考えにくい」

『まぁ！　凄いお方がいらっしゃるのですね！』

「そうだな。もしも、アルージエ辺境伯が王都にも時折顔を見せてくれていたら……この現状も、もう少しだけ違っていたかもしれない」

それだけ、信頼なさっているお方なのでしょうね。

「だがそうなればきっと、今度は伯以外の全ての人間を取り上げようとするだろう。今はまだ私が反抗する意思を見せていないからこそ、表立って私を害することができないだけだからな」

『大義名分が、何一つありませんものね』

「そうだ。だからこそ、私は今すぐには動けない。何より今の私からカーマまで取り上げられてしまったら、それこそ一人で戦わなければならなくなってしまうからな」

『あら。お一人ではないですよ。少なくとも、今は』

わたくしの言葉に、リヒト様はグラスに向けていた視線をゆっくりとこちらに移して。

そうしてゆったりと、微笑んだのです。

「そう、だったな。今はトリアもいてくれる」

『えぇ。カーマ様とは別の方法で、お役に立ってみせますわ！』

「頼もしいな」

コトリ、と。グラスがテーブルの上に置かれた小さな音がしたと思った次の瞬間、その手がわたくしのほうに伸ばされて。

『リヒト様……？』

まるで頬に手を添えようと、近づいてきたその手のひらは——

「……あぁ。やっぱり、触れられないのか」

わたくしの体をすり抜けて、空中で不自然に止まってしまったのです。

「どうしてだろうな。君の姿は私にしか見えず、君の声は私にしか聞こえないのに。…………どうして、触れることはできないんだろうな」

その、どこか切なそうな瞳が、ランプの明かりに照らされて。ゆらゆらと揺れる光が、別の何かを連想させそうな。

そんな錯覚に、陥りそうになるのです。

『っ……ゆ、幽霊ですもの！　わたくし幽霊に触れるなんて、聞いたことがありませんわ！』

「……確かに、な。触れるのであれば、それはもはや幽霊ではないな」

小さく笑ったリヒト様は、納得していらっしゃるようにも見えましたけれど。

その瞳はまだ、先ほどと変わらず切なそうに細められたままでした。

『あ、の……リヒト様……？』

「あぁ、すまない。少し……眠くなってきた」

『まぁ。でしたら今日はもうお休みになられてはいかがですか？　わたくし今日も張り切って見張りのお仕事いたしますわ！』

「ははは。本当に、トリアは頼もしいなぁ」

けれどその声色は、先ほどよりは幾分か明るくなったようにも聞こえて。

ただ表情だけは見せないまま。リヒト様は椅子から立ち上がり、羽織っていたガウンを脱いで無造作に椅子の背にかけると。

「それじゃあ私は寝るよ。お休み、トリア」

『あ、はい。お休みなさいませ、リヒト様』

そのまま、ベッドを覆うカーテンの向こう側へと消えてしまわれました。

（少しは、お役に立てたのなら良いのだけれど……）

小さなことでも、口に出してしまわれれば少しは楽になるかもしれない。そう、思う一方で。

（この方のためにわたくしが今できることは、何でしょうか？）

もっとリヒト様のお役に立ちたいと、やはり思ってしまうのです。

カーマ様のような優秀な方がお側にいらっしゃるのだと理解はしていても、やはり側近がお一人だけというのは限界がありますし。

（いっそ例の会合に、顔を出してみようかしら？）

わたくしにとっては潜入ですらないのですから。

場所など、参加されるどなたかの馬車に相席させていただけば良いのですもの。知らなくても問題はありませんわ。

五日後の夜中、だったかしら。普段であればリヒト様はとうに夢の中ですし。

（一晩くらいでしたら、問題ないはずですわ）

そうと決まれば、まずは参加される方のご自宅を探るべきですわね。

明日の朝、車寄せまで顔を出してみましょう。そこから参加されるご予定の方の馬車を追いかければ、造作もないことですもの。

お城は目立ちますからね。会合が開かれる場所からここまで帰ってくる時は、一直線で問題なさそうですし。建物なんて、わたくしにとってはあってないようなものですわ。

けれど念には念を入れて、少し多めに会合に参加する貴族の自宅を割り出しておくべきですわね。いつ出発されるか分かりませんもの。

（忙しくなりますわね！　頑張りますわよ！　えいえい、おー!!）

気合いを入れる儀式だと本に書かれておりましたわ。今ここでやらずして、いつやるべきなのか！

わたくしは右腕を大きく上に突き出して、一人決意を新たにしたのです。

この五日間で、何人ものお宅に訪問させていただきました。おかげで王城の外の地理もだいぶ把握できましたし、使用人の方々の噂話も聞けて大満足ですわ！

何より一番の収穫は、わたくしは行こうと思えばどこへでも、どこまでも行けるという事実が判明したこと。

『これは本当に大きな収穫でしたわねぇ』

つまりわたくしは、カーマ様とは別の方法で様々な情報を持ち帰ることができる、と。その事実に他なりませんわ。

ご自宅でくつろいでいる皆様は、きっと聞かれているなどとは思ってもみませんでしょうし。何をぽろっとお話しになるのか、気になるところではありますわね。

けれどまずは。

『ジェロシーア様のガーデンパーティーに出席されていた、例の只者ではなさそうな侯爵様も出席なさるようですし。可能であればあの方についていきたいですわね』

リヒト様を監禁しようなどと言い出したのもあの方ですし、人を操るのもお上手そうですし。

何より少し気になるのですよね。良いほうになのか悪いほうになのかは、まだ分かりませんが。

「トリア？　どうかしたのか？」

『あらリヒト様。お帰りなさいませ』

湯あみから戻られたリヒト様が、空中で横になりながら浮いている状態のわたくしを見て驚いたのか、声をかけてくださいました。

そういえばわたくし、こんな風に仰向けで浮いていることなんてありませんでしたわね。少しはしたなかったかしら？

「随分とくつろいだ体勢だったな」

『失礼いたしました。殿方にお見せするような姿ではありませんでしたわね』

「いや、いいさ。それにトリアがそれだけくつろいでいられたということは、誰も侵入していない証拠だからな。安心して眠れる」

そう笑顔で言いながら、いつもと同じように椅子の背に脱いだガウンをかけて、真っ直ぐにベッドに向かわれるリヒト様。

こういうさりげないところが、本当にお優しい方だと思うのです。

「今日は久々に信頼できる護衛が外に立ってくれているんだ。その分しっかりと睡眠をとりたい」

『あら。それでしたらゆっくりお休みくださいませ』

「あぁ。お休み、トリア」

『お休みなさいませ、リヒト様』

不思議と、毎晩の習慣となってしまったこのやり取り。こんな些細な挨拶が少しだけくすぐったい気がするのは、なぜなのでしょうね。

けれどリヒト様が早めにお休みになられるのであれば、むしろ好都合ですわね。

何はともあれ。

『少しだけ、遠出をしてみましょう』

すぐに聞こえてきた静かな寝息を確認してから、わたくしも一度気合いを入れ直します。

そうしてリヒト様を起こさないようにそっと窓をすり抜けて、ほとんど人影の見えない道を一直線に進んで行くのです。

目指すは侯爵邸！　ですわ！

『あら？　あちらこちらに黒塗りの馬車？』

しかも全ての馬車が同じ方向へ向かっている、ということは。

『あらあら？　もしかしなくても、目的地は同じなのでしょうか？』

そうなると、わざわざ侯爵の馬車に相乗りさせていただく必要もありませんが……。

『情報収集も、兼ねていますし。駄目な時には、この馬車の列を追いかけましょう』

侯爵は既に出てしまわれている可能性もありますし。その場合の保険としては、申し分ないでしょう？

それにあの方の普段の振る舞いも、見ておきたい気がいたしますし。

目前に迫っていた侯爵邸に、わたくしは何の迷いもなく突撃したのです。


あ。お邪魔いたしますわね。


「本当に、よろしいのですか？」

「何がだい？」

「今夜の会に出席なさるなど……」

「既に出席の旨は伝えてあるし、言われた通り黒い馬車も用意した。それに、ほら。ちゃんと出席許可の黒い仮面も届いているんだ」

広々とした品の良いエントランスホールで、長年仕えていらっしゃる家令なのであろう方と侯爵様が、ちょうどお話をされているところでした。

タイミングばっちりですわね！

『それにしても、その仮面が招待状代わりですの？　目元を覆うだけなんて、まるで仮面舞踏会《マスカレード》のようですわね』

集まるのは紳士だけと聞いておりますけれども。

装飾も何もない、ただの黒い仮面など。少しばかり面白味に欠けますわね。

「黒い帽子に黒い仮面に黒い外套《がいとう》で、外套《がいとう》の襟を立てて口元を隠し、誰が誰だか分からないようになっているらしいからね。折角存在を知ることになったのだし、一度は参加しておかないと面白くないじゃないか」

「旦那様……」

「知っているだろう？　私は他人を手のひらの上で踊らせるのが得意なんだよ」

「そちらの心配はしておりません。そうではなく……」

「そちらも心配しなくていいよ。あの方の信頼を裏切ることなど、私は決してしないからね」

なんでしょうか、この黒幕的な発言は。

優しそうな目元の老紳士のようで、その実は……といったところなのでしょうかね？　ガーデンパーティーで貴族たちをいとも簡単に誘導したように。

けれどそれだと安直すぎて面白くありませんわね。物語であればもうひとひねり欲しいところですわ。

それに今侯爵様は「あの方」とおっしゃられましたもの。それがどなたなのかも、気になるところですわね。

『侯爵様ですから、本気になられた時にはその目元も鋭いものに変わられるのでしょうけれども』

今のところ、ただの優しげな老紳士でしかありませんわね。あくまで今のところは、ですけれど。

「それじゃあ、行ってくるよ」

「はい。お気をつけて」

それも含めて、確かめさせて頂きますわ！

『失礼いたしますわね、侯爵様』

聞こえていない、見えていないことを知りながら、それでも一言かけてから同じ馬車に乗り込みます。

それにしても……先ほど上空から見た時には、かなりの数の馬車が同じ方向に向かっておりましたけれど。この国には、リヒト様を亡き者にしようとするお方があんなにもいらっしゃるのかしら？

「いっそ全てを始末してしまえば良いものを。世も末だな」

そう言いながら黒い仮面をつけた侯爵様は、黒いハットをかぶり直して体を隠すように黒いマントを巻きつけました。と同時に、馬車の走る音も止まったのです。

そのまま馬車から降りて、案内されるままついていく侯爵様。の上を、わたくしは悠々と浮いてついて行くのです。

やがて一つの扉の前に辿り着いたかと思えば、その向こうには無数の黒、黒、黒。

『色のない世界だなんて、悪趣味な集まりですこと』

黒い仮面舞踏会だなんて、流行りませんわよ？

あら？　壇上にいらっしゃる方だけは、お顔全てを覆うような形の銀の仮面なのですね。多少装飾もありますし、あの方が主催者なのかしら？

「いつになったら第一王子を排除できるんだ？」

「この間も毒殺に失敗したと聞いたぞ？」

「ジェロシーア様が差し向けた刺客も、結局何もできずに逃げ帰って来たらしい」

「あぁ。あの突然頭がおかしくなった奴か」

「第一王子に差し向けた刺客は、どうにも全員おかしくなるらしい」

あらあらまぁまぁ。

『これは……王城の中だけでは得られない情報ですね』

リヒト様に毒の詳細はお聞きしていませんが、あの方も随分と過激なことをされているようですわ。

ただ、命を奪われるのとどちらがマシなのか。わたくしには判断がしにくいところではありますわね。

「だったら味方のふりをして、どこかに監禁してしまえばいいじゃないか」

見た目ではどなたなのか全く分からなくなってしまいましたが、侯爵様がそう発言された瞬間。

まるで不思議な力をお持ちなのかと錯覚するほど、お話しに夢中だった方々が全員口を閉じて静かになってしまわれました。

『あら、まぁ。一気に注目の的ですわね、侯爵様』

その中で唯一、部屋に響くことのないわたくしの声だけがハッキリと聞こえて。

同時にどなたもわたくしに目線を向けないことを確認して、本当にリヒト様以外の方には一切認識していただけない存在なのだと、改めて実感したのです。

「今、何と？」

「敵対するのが問題なのであれば、数少ない味方だと思い込ませてどこかへ閉じ込めてしまえばいい。ついでに執務も全てこなしていただけばいいさ」

「な⁉　執務まで⁉」

「だが確かに有効かもしれないぞ⁉　それならジェロシーア様にもフォンセ様にも、自由にお過ごしいただける！」

「お二人から不満が出さえしなければ、我々も好きにできるんだ。単純に始末するよりも、使い倒してしまえばいい」

「だがどこに監禁するんだ？」

「この間さる侯爵様が、お屋敷の一室をお貸しくださると言っていた。その方に頼んでみたらどうだろうか？」

あらあらまぁまぁ。これはまた、一石を投じるどころではありませんわねぇ。

侯爵様の一言から徐々に徐々に広がっていく波は、部屋全体を呑み込みそうな勢いで賛成多数になっていくのですから。

『不満が溜まっていたからなのか、それとも侯爵様の計算なのか。どちらにしても、本当に恐ろしい方ですわね』

上から見えるその口元がかすかに弧を描いている様子からも、ご自分の思い通りに事が進んでいらっしゃるのでしょうし。

単純にリヒト様を排除するだけではなく、今後の執務についても今まで通り押し付けられれば良い、というところなのでしょうね。

『確かにあのお二人ならば、一生執務から解放されるというだけで納得しそうですわね』

しかも誘拐ではなく、味方を装って連れ出すなど。発想が恐ろしいですわ。

リヒト様を取り巻く現状をよくご存じだからこそ、出てきた発言なのでしょうし。

「だがあの警戒心だけは強い第一王子を、どうやって誘い出すかが問題だな」

「第一王子付きの従者たちも問題だろう？」

「あれらは自分の仕事に自信があるだけの、ただの小間使いだ。陛下と第一王妃の推薦という後ろ盾がなくなれば、どうとでもなる」

なるほど。それでは身近な方々の中には、まだ多くの味方が残っていらっしゃるのですね。

確かに陛下の意向であれば、いくら第二王妃といえども従わざるを得ませんからね。考えましたわね。

「お静かに‼ 金仮面の君が到着なされました‼ 本日の会合を始めます‼」

『金仮面の君‼』

なんて面白いお名前なんでしょうか‼ まるで小説のよう‼ 一体どこのどなたがお考えになったんですの⁉

はっ‼ もしや先ほどから壇上にいらっしゃる方は、銀仮面の君とおっしゃるのでは⁉

『何ですのこの会合！ お名前だけならば、この国一の面白さなのではありませんか⁉』

内容はさておき、そこだけならば国中に笑いの渦を巻き起こせますわ‼ 安直すぎるお名前なんですもの！ 見たままではありませんか！ 金仮面の君と銀仮面の君が仕切る会合、だなんて‼

あぁおかしい!!

「先ほど、面白い話題が聞こえてきたようだが？」

「単純に第一王子を始末するのではなく、どこかへ監禁して執務を死ぬまで続けさせようということらしいですよ」

あらあらまぁぁまぁ。先ほどよりも過激になりましたわねぇ。笑っている場合ではありませんでしたわ。

それに。

「……」

『だんまり、ですわね』

話題を提供した侯爵様は、まるで我関せず。

恐ろしいことに、あれから会合が終わるまで一言も発されませんでしたの。

それなのに、去り際。馬車に乗る寸前。

「扱いやすい」

なんて!!

ボソッと!! ぽろっとそんなことをおっしゃったのですよ!?

本当に、恐ろしい方!!

『けれど、収穫はありましたわね』

会場から真っ直ぐに王城を目指して、リヒト様の私室へと向かう途中。内容を思い出しながら、わたくしはやはり思うのです。

侯爵様は、何が目的なのでしょう、と。

『もう少し、探ってみたいところではありますわね』

どうにもあの方の言動が、敵ながら不自然に思えてしまうのです。ただのわたくしの勘なのですけれどね。

なので今後も侯爵様には注意すべしと、一人心に刻みつつ。既に夢の中に旅立たれているであろうリヒト様を、起こさないようにそっと……。

『ただいま戻りまし――……あら？』

お部屋に戻ってきたわたくしの目の前に。

「どこに行っていたんだ、トリア」

なぜか、ジト目で見上げてくるリヒト様がいらっしゃったのですが。


なにゆえ??

◇　◆　◇　◆

それに気づいたのは、本当にただの偶然だった。

ゆっくりと眠りにつけると理解していても、普段の習慣というのは中々簡単には抜けないもので。

つい夜中に目を覚ましてしまって、そこから寝付けなくなってしまった。

「はぁ……。仕方がない、水でも飲むか」

念のため、何かあった時のためにと、必ず見えない場所に常に水を用意させている。水で薄めれば問題ない毒も多いからだ。

「まさか寝付けないなんていう理由で口にすることになるとは、思ってもみなかったな」

だがまぁ、それそのものに問題はないだろう。少し落ち着けば、また眠れるはずなのだから。

そう思って開いた、カーテンの向こう。机の上に置いたランプの明かりで僅かに照らされた室内は、暗さに慣れていた目を刺激しないほどの優しさで。

それなのに一瞬、どこか寂しく感じてしまった。

「……？」

なんだろうかと首をひねって、けれど思い当たることがないのでそのまま水を取りに行こうと立ち上がって。

ふと。

「ん？　トリア？」

この薄明かりの中でも体が透けて見える、長い金の髪と紫の瞳の彼女の姿が見当たらないことに気付いてしまった。

「出かけている、のか？」

いや、だが。私が眠りにつく直前は、特に何も言っていなかったはずだ。

それが、なぜ？

「トリア？　トリア、近くにいないのか？」

急激に不安に駆られて、思わず請われて彼女に与えた名前を何度も呼んでみるけれど。

一向に姿どころか、返事すらない状態で。

「確かに、信頼できる護衛がいるとは言ったが……」

だからと言って、彼女が私に何も告げずに出掛けるだろうか？　しかも、こんな夜遅くに。

いや、別段行動を制限しているわけではないが。それでも今までこんなことはなかったので、初めてのことに戸惑ってしまう。

「何か、あったのか？」

口にはしてみるものの、もし本当に何事かがあったのであれば私が気付かないはずがない。

現に、今こうしていつものように眠りが浅かったのか、目が覚めてしまったのだし。

「それとも、なにか――」

彼女にとって不測の事態でも、と考えた瞬間思い浮かんだのは……。

「ッ!!　まさか!?」

消えてしまったのではないか、と。

そんな、不吉な考えが頭を過《よぎ》った。

「いや、まさか……まさか、な……」

何とか否定はしてみるものの、そもそも幽霊という存在自体があり得ないようなものだ。であれば、何が起きたとしても不思議ではない。

不思議ではない、が。

「そんな、ことは……。トリアッ……!!」

小声だが、先ほどよりも少しだけ強い口調で名前を呼んでみても。

やはり、反応は返ってこない。

「そんな……そんな、まさか。こんなにも、急に……？」

そう考えた瞬間、足元から崩れ落ちてしまうかのような錯覚に陥った。

だってそうだろう。つい先ほどまで、それこそ眠る直前まで、一緒に過ごして会話していた相手だというのに。

目が覚めてみたら、そこにはいなかった、なんて。

「それとも、全て私の妄想だったのか……？」

いや。いや、そんなことなどあるはずがない。

そもそも妄想なのであれば、もう少し常識がある相手のはずだ。あんなにも私の予想外の言動ばかりなど、あり得る筈がない。

だが、結局。

どんなに名前を呼んでも、彼女が現れる気配はないまま。

『ただいま戻りまし――……あら？』

「どこに行っていたんだ、トリア」

最終的に彼女が帰って来たのは、真夜中を過ぎてからだった。

4. 謁見

『え、っと……』

一体、どうしたことでしょう？

そもそもリヒト様、わたくしが出る前はしっかりと眠っていらっしゃったのでは？

それが、なぜ……？

「一体どこに行っていたんだ、と聞いているんだ」

『どこ、と申されましても……』

この日に会合が行われることは、事前にリヒト様にもお伝えしていたはずなのですが。

もしかしてお忙しくて、お忘れになっていた、とか？

『リヒト様に以前お伝えしておりました通り、本日が会合の日でしたので。少しばかり情報収集にいそしんでおりましたの』

「は……？　まさか、そんな事のために、こんな夜中に？」

『会合は夜中に開かれるものですもの！　昼間に開かれるのでしたら、その時は昼間に出かけますわ！』

けれど秘密の会合が昼間に開かれたのでは、情緒も何もありませんわね。

やはりこういった表に出せないものは、夜中にひっそりと集まってこそなのでしょう。

「…………はぁ～～……。なんだか、心配して損した。本当に、トリアは突拍子もなさすぎる」

『まぁ！　心配してくださっていたのですか？』

「君がっ！　いきなりいなくなるからだろうっ⁉　突然消えたのかと思って、本当にっ…………はぁ～～～～……」

あらあらまぁまぁ。そんなに大きなため息をつかれるほど、だったのですね。

それは申し訳ないことをしてしまいましたわ。

『ご心配をおかけしました。けれど問題ありませんでしたわ』

「結局、君の姿を認識できる存在は私以外にいなかったわけか」

『もちろんですわ！　リヒト様だけが特別なんですの！』

「ッ……。そう、か」

けれどせっかく起きていらっしゃるのでしたら、少し見聞きしたことをお話ししておくべきですかね？

「で？　首尾は？」

『上々でしたわ！　どうしてもリヒト様を監禁なさりたいお方がいらっしゃるようでして、そのお方の発言から今後はそちらの方向に計画を変更なさるとか』

「なるほど、考えたな」

あら、リヒト様。口元がまるで悪役のような笑みを形作っておられますわよ？

けれどわたくし、思いますの。毒殺も誘拐も、力尽くでは難しいのではないのか、と。

「まぁ、そのうち打診があるだろうな。なるほどなるほど？　今度はそうくるか」

けれどリヒト様は、何かに気付いておられるようで。お一人で納得されておられます。

わたくし、何一つ理解しておりませんが？

「私に提案をしてくるとしたら、そうだなぁ……モートゥ侯爵あたりか？」

『モートゥ侯爵？』

「違うのか？」

『最初に提案をされたお方が侯爵様であることは確かですが、わたくしお名前を存じ上げないのです』

「蓄えた髭を整えている優しげな老紳士で、かつやり手のようであればモートゥ侯爵なんだが？」

『その方ですわ!!』

偶然の一致のはずがありませんもの。きっとあの方が、リヒト様のおっしゃるモートゥ侯爵なのでしょうね。

と、いうことは、ですよ？

少し整理してみましょう。

『リヒト様を拉致監禁したいと思っていらっしゃるのが、モートゥ侯爵ということになりますよね？』

「そうだな。おそらくそれ以外の貴族たちは、私を亡き者にしたいだけなんだろう」

『そしてその張本人であるモートゥ侯爵自ら、リヒト様に何を提案するというのですか？』

「おそらくは、ここにいては危険だから我が家に避難しないか、と。まぁ、間違いではないな」

なんと!? それは確かに、命の危険を感じていらっしゃるリヒト様からすれば願ったり叶ったりではないですか!!

やはりあのお方、策士ですわね。恐ろしい方。

「だがまぁ、今までその会合とやらでその話が一度も出てこなかったのも妙だな」

『わたくしもただ会合としか聞いておりませんでしたが、そもそもの目的は何でしょうか？』

「さぁなぁ？　それぱっかりは、主催者に聞いてみないと分からん。ちなみに当然だが、第二王妃と第二王子はいなかったんだろう？」

『お見かけしておりませんわね。金仮面の君ならばいらっしゃいましたけれど』

「金仮面？　なんだそれは？」

『聞いてくださいませリヒト様！　銀の仮面を被った方が取り仕切っておりまして、金の仮面を被った方が到着されると同時に会合が始まりましたの！』

「なるほど？　つまりは、その金の仮面の男が主催者なのだろうと」

あら？　仮面の色については触れませんのね？

なかなかに面白い状況だと思うのですけれど。金の仮面と銀の仮面を囲む、黒い仮面を被った大勢の男性貴族たち。

やはりあの場を実際に目で見ていただかなければ、面白さは伝わらないのでしょうか？　残念ですわ。

「普通に考えれば、アプリストス侯爵なんだが……。その金の仮面の男は、でっぷりと太っていたか？」

『金仮面の君ですか？　いいえ。むしろどちらかと言えば、痩せておられたと思います』

「背は？」

『高いほう、でしょうか？　声は仮面でくぐもっておりましたので、聞き覚えがあるかどうかは分かりませんでしたわ』

「そうか」

それっきり、リヒト様は考え込んでしまわれましたけれども。

わたくしとしては、もう少し情報が欲しかったところではありますわね。いっそ、金仮面の君の後をつけてみればよかったかもしれませんわ。

わたくしとしたことが、とんだ失態ですわね。

「ちなみに、次の会合の予定は？」

『また同じ期間の後に、とだけ。気になるようでしたら、また情報を集めてきますわ！』

「いや、いい。それよりも先にやるべき事ができた」

『やるべき事、ですか？』

「あぁ。だがまぁ先に、今日はいい加減休むことにする」

ハッ!!　そうでしたわ!!

そもそもこんな遅くまでリヒト様にお付き合いいただくなんて、わたくしったらなんて失礼なことを。

気が利かない幽霊なんて、駄目ですわね。

「あぁ、そうだ。トリア」

『はい、なんでしょう？』

「次に出かける時は、必ず私に一言告げてからにしてくれ。目が覚めた時に急にいなくなっていたのでは、驚くだろ？」

今回は特に、ご心配をおかけしてしまったようですし、ね。

『ええ、そうですわね。次回からは必ずお伝えしますわ』

「そうしてくれ。それじゃあ、お休み」

『はい。お休みなさいませ、リヒト様』

結局彼らの最終的な目的は分からないままでしたが、おそらく今まではリヒト様をどう毒殺するのかなどが話し合われていたのでしょうね。

正直なところ、リヒト様の暗殺だけが本当の目的のようには思えなかったのです。なんとなくの勘ですが。

なにせ暗殺だけならば、彼らがわざわざ集まってまで話す必要はないのですから。しかもおそらくは第二王妃と第二王子にすら知られないようにしてまで。

（リヒト様がおっしゃった通り、普通であれば主催者はアプリストス侯爵のはずなのですが……）

そうではなかったというのにも、疑問を覚えるところではありますわね。

本当に、リヒト様の暗殺だけが目的なのか。それとももっと、別の目的があるのか。

リヒト様に関する事柄は全て、何かしらの足掛かりでしかない可能性もありますもの。そちらの線も考えてみた方がよろしいのではないかと思ってしまうのは、流石に邪推しすぎでしょうか？

（いずれにせよ、モートゥ侯爵の今後の動向には要注意、ですわね）

味方のふりをして近づいてくる計画のようですし、そうなるとリヒト様も断りづらい状況に追い込まれてしまうかもしれませんもの。

それだけは、阻止しなければいけませんわ!!

「トリア」

『はい、なんでしょうか？』

会合での内容をお伝えした夜から、しばらく経ったある日のことでした。

それは唐突に。えぇもう本当に、唐突にリヒト様はおっしゃられたのです。

「陛下への謁見の日程が決まったから、君はいつも通り私についてきてくれ」

『は……はい⁉ 陛下への謁見ですか⁉⁉』

確かに。確かにリヒト様にとって陛下は身近な存在でしょう。えぇ、えぇ。

何と言っても、御父上ですものね。分かりますわよ。分かります、けれども……。

『あまりにも突然の告知ですわね⁉』

「そうか？ 前に言っただろう？ やるべき事ができた、と」

『やるべき事がそれですの⁉』

いきなり陛下への謁見まで話が飛びますの⁉ そういった類のものでしたの⁉

「まぁ、形だけだ。実際にはどこにでも第二王妃派《あちらがわ》の人間がいるだろうから、直接的なやり取りはできないさ」

『なるほど。つまり謁見（仮）、ですわね‼』

「ははっ、なんだそれは」

あらリヒト様。笑っていらっしゃいますけれど、重要なんですのよ？ 特に、わたくしにとっては。

だって幽霊が陛下への謁見についていく、なんて。前代未聞ではありませんか！

そもそも幽霊を認識できる方が、今までどれ程いらっしゃったのかは存じ上げませんけれども。

「幽霊は自由にどこへでも行き来できるんだろう？　だったら謁見の間には、他の幽霊がいるかもしれないじゃないか」

『まぁ！　それはそれで大問題ですわね！』

常に幽霊が浮いている謁見の間というのは、あまり考えたくないものですわ。しかも機密事項が聞き放題ではありませんか。それではきっと大勢の方が困ってしまわれますわね。

それに、リヒト様？　自由に行き来できるのはわたくしだからであって、全ての幽霊がそうとは限りませんわよ？

とはいえわたくしも、他の幽霊の方にお会いしたことはありませんけれども。

実際のところ、どうなのでしょうね？

「どうせたいしたことは話していない場所だ。聞かれて困るような内容なら、もっと別の場所でするだろう？」

『以前の会合のように、ですか？』

「そうだ。そしてその会合の内容が問題だ、と。私だけではなく、両陛下もそう判断を下されたんだ」

『けれど、それでしたらなおさら謁見という形にしてしまうのは……』

「逆だトリア。だからこそ、だ。下手に親子水入らずなどと言って三人だけで話せば、いらぬ勘繰りをされる可能性が高い」

実際、ジェロシーア様たちにとっては、お三方が揃ってお話をされるのは避けたいところなのでしょうね。

なにせあの方たちが積極的にリヒト様の暗殺を企てていることは、皆さまご存じでしょうから。

『ですがどちらにせよ率直に意見できない状況なのであれば、同じことではありませんか？』

「そうでもないぞ？　私は父上の性格も母上の性格も、よーっく知っているからな」

ん……？　両陛下の、ではなく？　リヒト様、今、父上、母上という言い方をされましたよね？

つまり、そこに何らかの意味がある、ということなのでしょうか？

「まぁ、行けばわかるさ。私たち親子が、どうやって今まで情報を交換してきたのかが、な」

不敵に笑うリヒト様に、どこか安心感を覚える一方で。

一抹の不安を感じてしまうのは、なぜなのでしょうね？

（いえ、それ以前に。どうして王族とはいえ親子であるにもかかわらず、普通に情報の共有ができないのか、と）

そこを疑問に思うべきなのでしょうが。

残念ながら城内の状況を、よ――っく知ってしまったわたくしとしては。もはや仕方がないことなのでしょうねと、他人事ながら諦めしか残っておりませんでしたわ。


「この間、久々に絵を描いていて思ったのだがな」

「はい」

両陛下への謁見の日。ご挨拶から始まって、近頃の各領地の状況の報告から問題点を列挙し、その解決方法と予算の提案などを終わらせて。

そうして淡々と進められる謁見という名の報告が一息ついてからというもの。

「油絵というのは、気に入らなければ削り取るだけではなく、完全に別の絵を上から描くことも可能ではないか」

「そう、ですね」

「不可能ではない以上、歴史的な名画の下にも何かが隠されているかもしれぬと思えば、こう、胸が高鳴ってな」

なぜか。そう、なぜか。

国王陛下の絵画談義になってしまわれたのです。

なんでしょうかね、この状況は。

「だが同時に思ってしまったのだ。このスヴィエート王国の歴代の王族の肖像画の下にも、何があるのか分からんな、と」

「失敗を誤魔化している可能性もありますものねぇ」

うふふ。と上品に笑っていらっしゃるのは、面影からしても明らかにリヒト様のお母様なのでしょう。あのお方が、第一王妃。

リヒト様の髪色は、お父様である国王陛下から受け継いだのでしょうね。そして瞳の色はお母様である第一王妃から。

こう見ると、フォンセ様はとことんジェロシーア様似ですわね。陛下とは似ておりませんもの。体形も含めて。

そしてこの国は、スヴィエート王国というのですね。今初めて知りましたわ。

それにしても……。

（失敗した絵の上に、さらに別の絵？　王族の肖像画は、この先も残り続けるものですのに？）

万が一それが発覚した場合には、画家は大変な目に遭うかと思いますが。

王族の肖像画ですのよ？　不敬ではありませんか？

「そこまで失敗してしまったのであれば、いっそのこと描き直す方が早いのではないでしょうか？」

案の定、リヒト様がその疑問を口にされたのですが。

「必要なものを揃えるのに、予想以上に時間がかかってしまうこともあるのよ。そうですよね？　陛下」

「あぁ。この間など、欲しい色が他国の小競り合いのせいでなかなか手に入らなくてな。あまりにも暇だったので、ついキャンバスに落書きをしてしまってなぁ」

「結局、上に絵を描けば分からなくなるからと、消さずにそのままでしたものね」

「それができるのが油絵のいいところだが、逆にわしらの肖像画の下にも何か治世に関する文句が書かれているのではないかと心配になるなぁ。ははは」

「まぁ、陛下ったら。うふふ」

いえ、あの、両陛下？　それがもし事実であるとするならば、かなりの大問題なのではないでしょうか？

さらには王族が必要とする物資一つ、まともに届かないなどというのは……。

『……笑いごと、なのでしょうか？』

つい、声に出してしまってから。ふとリヒト様を窺い見れば。

なぜか、口元に笑みを浮かべていらっしゃるのです。

(似た者親子ですの⁉)

そもそもここは謁見の場ではないのですか？　周りの方々も、微笑ましそうにしている場合ではないですよね？

なんでしょうか、この何とも言い難い雰囲気は。

「私の肖像画の下には、何か書かれているのでしょうか？」

「画家に直接聞いてみないと分からないものね」

リヒト様の問いかけに、お母様である第一王妃は優し気に目を細めて、

「文句ではなく賛辞が並べ立てられているかもしれぬな！」

お父様である国王陛下は、純粋にそう答えていらっしゃいますけれど。

今、わたくし、リヒト様の謁見の場についてきている状況、なのですよね？　これではただの一家団欒ではありませんか？

「待望の子供でしたものね。全国民が第一王子の誕生を喜んでくれたことを、わたくし昨日のことのように覚えていますわ」

「そうだったなぁ！」

陛下は金の髪を揺らしながら、そのグレーに近い青の瞳を楽しそうに細められて。

第一王妃は唯一結い上げていないダークブロンドの横髪を一筋さらりと流しながら、リヒト様を見て優しくその鮮やかな青の瞳を緩められたのです。

「私は幼かったので覚えておりませんが、確かその様子もどこかの画家が描いたと聞いた覚えがあり

ますね」

「あるぞ。あれは見事なものだった」

「当時のわたくしたちの肖像画を担当したのも、その画家でしたものね」

「でしたら一度、その画家に色々と直接聞いてみたいものです」

「それはいい！」

「そういった機会を設けてみたいですわね、陛下」

「あぁ」

「楽しみです」

これは…………もはや、ただの親子の会話ではありませんか？

しかも結局、そのまま謁見の時間は終わってしまったのですが？

(今の会話の中のどこに、情報の交換があったのでしょうかね？)

リヒト様、わたくしには何も分かりませんでしたわ。

この時間に意味があったのか、謁見する必要はあったのか、と。

疑問だけが残ったのですが、もちろん説明していただけるのですよね？

ねぇ、リヒト様？


『一体、先ほどのあれはなんだったのですか⁉』

リヒト様の執務室に戻り、誰もいなくなったことを確認してからのわたくしの第一声がそれでした。

だって！　仕方がないではありませんか!!

あれは誰がどう聞いても、ただの家族団らんですわ!!　どこが情報交換なのですか!!

「絵画のくだりのことを言っているのなら、あれら全てが私たちの情報のやり取りだ」

『あれがですか!?』

いえいえ！　意味が分かりませんわ!!

どう考えても雑談でしたよね!?

「あのやり方を考えたのは母上だが、今までこれで誰にも気付かれたことはない」

えぇぇぇ、ないでしょうね。どうやったらあの内容から情報の交換をしているという発想に辿り着くのか、疑問ですもの。

「まぁ要約すると、発想だけではなく前提そのものから違うかもしれない、と。そういうことだ」

『発想だけではなく、前提そのものから、ですか？』

どういうことでしょう？

「失敗した絵の上に新しい絵をというのは、最初の計画が失敗している可能性が高いことを示唆している」

それで示唆しているのですか!?

「その上で、父上は王族の肖像画の下にも、何かしらが書かれているかもしれないと口にした」

『そう、でしたわね』

治世に対する文句が、と。そう仰っておられましたわね。

「つまり、見えている絵の下に失敗した絵があるだけではなく、更にその後ろにも何かがあるかもしな」

『真意が……何重にも隠されている、ということですか？』

「おそらくは。父上があんなにもうまく伝えられるはずがないから、これも母上の入れ知恵だろうがな」

陛下……息子であるリヒト様から、酷い言われようですわよ……？

『いえ、それ以前に、ですわ。言われなければというよりは、言われてもまだ信じがたいのです』

「それでいいんだ。現にあの会話を聞いて、誰がそんなことを伝えていると想像できる？」

『できませんわ。どんなに想像力が豊かでも』

そもそも飛躍しすぎですもの。

「だから、だ。何より父上の趣味が絵を描くことだからこそ、誰も疑わない」

『疑いようがありませんものね』

そこまで疑いだしたら、もう何もかもを信じられなくなりそうですわ。

今のわたくしのように。

『けれどリヒト様は、何をお伝えになりましたの？』

「私か？　画家に会って直接聞いてみたい、と」

『いえ、ですから――』

「画家を黒幕の人物に置き換えて考えてみるといい」

『画家を、黒幕に？』

画家に、直接会って聞いてみたい。

黒幕に、直接会って聞いてみたい。

『……あ』

「気付いたかい？」

『それは、つまり……』

絵を描くことに失敗した画家も、絵を描く前に何かを書き込んだかもしれない画家も。

そして直接会って話を聞いてみたい、そういった機会を設けたいと思っている画家も、全て。

『最初から最後まで、黒幕の人物についてだけ、お話ししていらっしゃったのですか？』

「そういうことだ」

いいえ、あの。リヒト様そんな、得意気な顔をして頷かれましても、ですね？

わたくし、その前提を知りませんもの。気付けるはずが、ありませんわよ？

確かに人ではなく幽霊ですけれども、わたくしは善良なる普通の幽霊ですの。いくら何でも、そこまでは推測できませんわ。

「まぁ、失敗した絵に関しては、私の暗殺かもしくは生まれてきたことそのものか」

『そこになるんですの!?』

「あぁ。だから母上が言っていただろう？　画家に直接聞いてみないと分からない、と」

『先に問いかけたのはリヒト様だったと記憶しておりますが!?』

「私は十中八九それだろうと思ったからな。否定されなかったということは、まず間違いないだろう」

お、恐ろしいですわね……。王族というのは些細に思えるあんなやり取りからも、そこまで意図をくみ取らなければならないのですね。

「トリア。君が普段何を考えているのかは分からないが、今ならば分かる。その上で言わせてもらうが、普通はそんなことはないからな？」

『あら？　わたくし、声に出していましたか？』

「いいや。ただどう考えても、驚愕の表情だったからな。今までの流れからして、何となくその表情になる理由は想像できるだろう？」

『まぁ』

「こんなやり取りは特殊すぎる。確かに私にとっては本来あるべき普通という物が存在していないが、それでも今の状況がおかしいことは理解しているからな？」

そこには、ちゃんと気付いておられるのですね。

けれどだからこそ、なおさらこのままではいけないと思うのです。

「私たちのやり取りのことはいったん置いておいて、だ。話を最初に戻そう」

『最初に、ですか？』

「あぁ。前提そのものから違うかもしれない、と。そう言っただろう？」

そう言われますと、確かにそういったお話でしたわね。すっかり忘れていましたわ。

「私たちは今まで、アプリストス侯爵が主犯だと考えていた」

『けれど黒幕が別にいるかもしれない、と。そういうことですわね』

「そうだ。だがそこで終わりではなく、さらにその先を考えてみる必要があったんだ」

『さらにその先、ですか？』

それはアプリストス侯爵の代わりに、黒幕がその地位につきたいと思っているということではなく？

「そもそも、目的がアプリスト侯爵と同じなのであれば、彼を含め第二王妃陣営を追い落とすだけでいいはずだ」

『確かに、そうですわね』

「それなのに一番邪魔になるはずの彼らを、むしろ利用している可能性が高い。つまり、黒幕にとっても私は邪魔だということだ」

『……？　ですがそれは、フォンセ様を王位に就けることと同義では？』

「そこだ。裏で操りやすい性格とはいえ、フォンセがいる以上アプリスト侯爵ほどの力は誰も持てない。それならば、何が目的なのか、だ」

甘い蜜を吸いたい貴族は数多《あまた》おりましたけれども、そういうことではないのですよね？

けれどフォンセ様を王位に就けてしまえば、黒幕の人物は全ての権力を握るのが難しくなるのではないでしょうか？

そもそも甘い蜜が吸いたいだけならば、わざわざあのような会合を開く必要もありませんもの。

『……あら？　確かに変ですわね』

頑なに自らの手は汚さないように、誰にも悟られないように動いているはずの人物。おそらくはあの、金仮面の君がそうなのでしょう。

けれど、だとすれば、何が目的なのか。

「第一そこまで考えられる人物なのであれば、フォンセが王位に就いた時点で国が崩壊する可能性が高いことにも気付いているはずだ」

『贅沢が過ぎますものね。あれでは民はついてきませんわ』

おそらくは、さらに税を重くして贅の限りを尽くすのでしょう。

そうして最後には、民に見放されるか反旗を翻されるか。もしくは、先に民が力尽きてしまうか。

「だが、それこそが狙いなのだとすれば？」

『まさか、国の崩壊を狙っているというのですか？』

「そこまでいかずとも、だ。例えば反王家派なのだとすれば？」

『反王家⁉　重罪ではないですか‼』

そもそもこの国は王国ですわ！　王国とは、王が治める国のこと。

であるにもかかわらず、反王家ということは。つまり国の在り方そのものに反対し、今ある国の形を変えてしまおうと考えているということに他なりませんもの。

「そうだ、重罪だ。だが現実はそれに近いと思わないか？　このままでは、民の不満は王家へと向くだろう」

『ジェロシーア様もフォンセ様も、執務を放棄して遊び惚けておられますものね』

「そしてその未来を実現するためには、第一王子である私が邪魔だ、と。そう考えれば一応の辻褄は合う」

まだまだ疑問は残りますが、確かに現状では正解に一番近い気がしますわね。

一見飛躍しすぎているようですけれど、確かに自らの手を汚さず全てを排除する方法としては納得できますもの。

「トリアが見た会合の主催者がアプリストス侯爵ではなかった以上、黒幕がいるという予想は当たっていたことになる」

『アプリストス侯爵は、目立ちたがり屋さんですの？』

「既に王妃がいる国王相手に、自分の娘を嫁がせるような人物だ。そんな場所で自分以外が仕切ることを許すような性格ではないさ」

まるで当然とでも言いたげに、リヒト様は肩を竦《すく》めておられますけれど。

なるほど。つまり、今後やるべきことは。

『わたくしは、黒幕になりそうな人物を特定いたしますわ！』

「いや、うん。それは私たちというか、むしろカーマの仕事なんだがな？」

『カーマ様では暴けない場所でも、わたくしならば問題ありませんもの！』

「あぁ、うん。そうなんだけど、な。そうなんだけども……」

まぁまぁ！　もしかしてリヒト様、まだわたくしのことを信じてくださらないのですか⁉

『見ていてくださいませね、リヒト様！　言い逃れできないような証拠を、必ず見つけてみせますわ‼』

「それは……カーマが特定した後でも、いいんじゃないか？」

カーマ様は他にお仕事があるではありませんか！

ここは別段お仕事のない、ふわふわと浮いているだけのわたくしにお任せくださいませ‼


本日もリヒト様とは別行動の中、怪しくない怪しい人物探しにいそしんでおります。

両陛下への謁見の翌日から今日まで、こうしてお城の中の様々な場所をまわって人間観察をしておりますが、なかなかこれと思うような怪しい人物には当たりませんね。

当然ですが、明らかに怪しい人物は念のため報告しておりますよ？　けれど大抵カーマ様が既にお調べになった後なのです。

わたくし、本当にお役に立てませんわね……。

『モートゥ侯爵も、あれ以来お見かけしても真面目にお仕事をされているだけのようですし』

今のところは、特にリヒト様にお声がけされるような気配はありませんの。それが不思議であり不気味でもあるのですけれども。

それ以前に、とにかくジェロシーア様が毎日のようにパーティーを開かれておりまして。怪しい人物は全員そこに集中してしまうので、逆に行動が制限されているという現象が起きているのです。

『毎日パーティーばかりで、お疲れにならないのでしょうか？』

そしてそれは本当に、ジェロシーア様の意思なのか。

まるで彼らを集めるのが目的のようにも思えてしまうのは、黒幕がいるのだという前提のせいでしょうか？

「アプリストス侯爵がか⁉」

『あら？』

聞き覚えのあるお名前を耳にしたような気がして、一度通り過ぎた道を戻ってみましたら。誰もいないと思っていた廊下の分かれ道の遠くのほうで、何やら若い男性二人が立ち話をされているようでした。

声を潜められては困りますので、相も変わらずわたくしの姿が見えないのをいいことに近づいてみたのです。

「あぁ。久しぶりにジェロシーア様にお会いするために、登城されるらしい」

『まぁまぁ！　普段は登城すらされていらっしゃらないのですか？』

聞こえていないと分かっていても、つい会話に混ざってしまうのです。わたくしの悪い癖でしょうか？

それにしても、アプリストス侯爵は娘が主催するパーティーに参加すらしていないのですね。

「それは、いつの予定だ？」

『あら。わたくしも知りたいですわ』

「噂だと十日後、らしいが。何せあのご様子だからな。今それを聞きに行けるような人物は、この城の中にはいないさ」

「そう、だな。あぁ……どうしてこうなってしまったんだろうな……」

「シッ。あまりそういうことを城の中で口に出すな。黙って仕事をしているから、追い出されずに済んでいるんだぞ？」

「そう、なんだが……」

『まぁ。そうなんですの？』

「愚痴なら仕事終わりに聞くから、とにかく黙ってろ」

「あぁ。そうだな」

短い会話を済ませた二人は、何食わぬ顔でそれぞれ逆方向へと歩き始めましたが。

『これは……。わたくしが思っているよりは、現状に不満を持っている貴族も多いということでしょうか？』

しかも今のお二人は、見た目からしてリヒト様とそう変わらない年齢でしたけれど。

『…………あら？　そういえばわたくし、リヒト様の年齢を存じ上げておりませんでしたわね』

おそらく十代後半から二十代前半、と思っておりましたが。そのあたり、実際はどうなのでしょうね？

今度、機会があれば聞いてみようかしら？

『あぁ、いえ。今はそれよりも』

十日後、アプリストス侯爵が登城される。

何も起きないなどとは、考えられないのですよね。

『急いでリヒト様にお知らせすべきですわね！』

リヒト様の執務室からはかなり離れた場所に来てしまっている以上、手段を選んでる場合ではありませんわ！

このまま床と天井をすり抜けてしまいましょう!!

確か今いる場所から二つほど階を上がって、右に曲がれば……。

『ありましたわ！　リヒト様の執務室の扉！』

フォンセ様と違って、かなり奥まったところにある飾り気もない扉ですが。既に何度も通っているわたくしが迷うことなどありませんわ。

そのまま扉ではなく、壁をすり抜けてリヒト様のすぐ横の位置まで出た時には。リヒト様はなにやら難しい顔をして、一枚の紙を睨んでおられました。

『どうかされましたか？』

「うわぁっ⁉」

まぁ。そこまで驚かれることですか？

リヒト様、驚きすぎて紙が床に落ちてしまわれましたよ？　残念ながらわたくしは触れることができないので、拾って差し上げることはできませんが。

「トリア、いつの間に……」

『つい今しがたですわ』

「一体どこから……」

『それはもちろん、壁からです！』

「……扉からでは、ないんだな…」

『壁抜けは得意なんです。幽霊ですから』

「いや、そういう事を聞いたわけでは、だな……」

はあぁぁぁ……。

また特大のため息ですね？　何か大きな悩み事でもあるのでしょうか？

あら、目頭をそんなに強く揉んで……書類の読み過ぎで、目がお疲れなのでは？

「まぁ、いい……。それよりも、戻ったということは何か収穫があったんだろう？」

『ええ、もちろんです！』

今は、別の悩み事を増やしてしまうかもしれませんが。けれどお伝えしないわけにも参りません。

『アプリストス侯爵が、十日後に登城なさる予定だと小耳にはさみましたの』

「なんだと⁉」

先ほど以上に驚いて、見開かれる鮮やかな青の瞳。

その瞳の奥にあるのは、まるで信じられないとでも言いたげなものでした。

アプリストス侯爵は目立ちたがり屋さんだと思っておりましたが、違いましたか？

登城するだけでこんなにも驚かれる方ならば、わたくしさらに興味が湧いてきてしまいましたよ？

「それは本当か？　あのアプリストス侯爵だぞ？」

『いえ、わたくし全く存じ上げないお方なのですが？』

「いや、まぁ、そうなんだが……」

『目立ちたがり屋さんの割に、登城はされないお方なのですね』

「しないというか、できないというべきか……」

できない？　それはまた、どうしてでしょうか？

少なくとも娘が王妃でかつ、孫が王子なのですよ？　登城できない理由など、どこにあるというのです？

「アプリストス侯爵は、太り過ぎていてあまり動けないんだ。だから、滅多に登城しない」

『あぁ。ジェロシーア様やフォンセ様と同じで、残念なお方なのですね』

なるほど納得ですわ。

血は、争えないということなのでしょうね。

「見た目も中身も、太り過ぎていることを差し引いても平凡というか、普通の男なんだが……」

『リヒト様？　普通の貴族男性は王族に自分の娘を嫁がせて、かつ邪魔者である第一王子を排除しようとはいたしませんわ？』

「いや、まぁ、そうなんだが。そこ以外が平々凡々過ぎて、だな」

『逆に変なところに情熱と才能をお持ちだったのですね』

「毎回失敗してるけどな」

『本人に気付かれているというところも含めて、また残念なお方ですね』

むしろそれでよく、ジェロシーア様を第二王妃として嫁がせることに成功しましたね。ある意味、奇跡なのではありませんか？

「だが、このタイミングでとなると……。父上の傍にいる誰かが、アプリストス侯爵に報告でもしたか？」

独り言のように呟きながら、リヒト様は先ほど落としてしまわれた紙を拾っておられますけれど。

それ、なんですの？　折りたたまれた跡があるので、お手紙、でしょうか？

「いやむしろ、私や父上にこんなことを進言してくる貴族がまだいると知って、牽制でもしに来るつもりか？」

『まぁ。何か有益な情報でもありましたの？』

「いいや？　ただ単に、いい年齢なんだから婚約者を決めてしまえという催促だ」

こんやく……？　あぁ、そういえば。第一王子様でしたもの、ね。

すっかり忘れておりましたけれど、本来であればリヒト様には幼い頃からの婚約者が………。

『え⁉　いらっしゃらないのですか⁉　第一王子ですのに⁉』

それはそれで衝撃なのですが⁉

「いない。というより、昔から候補者として挙げられた令嬢が危ない目に遭ったり、その家に様々な方面から圧力がかけられたりしたせいで、誰も私の相手にはなりたがらないんだ」

『まぁ！』

それは…………何とも言葉にしづらいですわね……。

「それなのに最近ではいい加減に相手を決めろと催促されるようになったんだが、状況が状況だ。今のままでは、私の相手に選ばれた令嬢も危険にさらされるだろう？」

『だから、誰もお選びになっていらっしゃらないのですね？』

「そういうことだ。一応フォンセには候補者が大勢いるんだがな」

『……わたくしがもし候補に挙がれるような令嬢でしたら、フォンセ様はご遠慮願いたいものですわね』

「だろうな。あっちはあっちでどの令嬢も遠回しにそう伝えてくるようで、私と同じ年齢なのに同じく婚約者がいないからな」

あら？　これはもしかして、リヒト様の年齢を聞く絶好の機会なのでは？

逃してはいけないタイミングって、ありますものね！　今ここで聞かずして、いつ知ることができましょう！

『リヒト様、今おいくつなのですか？』

「私か？　今年でちょうど二十歳になったな」

『フォンセ様も、同じなのですよね？』

「生まれた年が同じだからな」

なるほど、そうだったのですね。

けれどそれはつまり……。

『リヒト様、女性は待ってはくれませんわよ？』

「だろうな。分かってはいるが、これぱっかりは仕方がない」

苦笑しておられますけれども、かなり大きな問題ではありませんか？

リヒト様の年齢を加味すると、適齢期の女性の大半が既に嫁いでおられるか、もしくは婚約者がいらっしゃるか。そのどちらかでしょう。

そして状況が状況などと仰っている間に、どんどん優秀な女性は減っていきますわ。

王族としては、痛手もいいところでしょうに。

「一応絵姿だけは集めさせているようだが、見るよりも先に破棄されていることもあるんだ」

『本当にリヒト様の周りは、敵ばかりですわね』

「いや、そうでもないさ。本当に敵しかいない状況だったなら、今頃私は生きていなかっただろうし」

『サラッと恐ろしいことを言わないでくださいませ』

「事実だからな」

けれど確かに、本当に敵しかいない状況ならば危なかったでしょう。

隠れていて見つけにくいのかもしれませんが、それでもきっと第一王妃派や第一王子派も少なからず存在しているはずです。もしかしたら第二王妃派、第二王子派を装ってるお方もいらっしゃるかもしれませんし。

「だが、そうだな……。例えばこんな女性がいいと、トリアの特徴でも伝えてみようか？」

『え……？』

二重スパイなんて、物語の中だけのお話ではないのかもしれないと、一人考えていたわたくしに。

なぜかリヒト様は、どこか楽しそうな表情でそう告げられたのです。

『えええぇぇっ⁉⁉』

「それも面白そうじゃないか？　もしかしたらトリアがどこの誰なのかを知る、きっかけになるかもしれない」

『いえいえいえいえ‼』

確かに特徴が似ている方がいらっしゃれば、血縁関係から辿れる可能性はありますけれども‼

なにゆえ幽霊の特徴を理想の女性として伝えようとしていらっしゃるのですか⁉

「肉体が存在しないのであれば、誰かに傷つけられることもないだろう？」

『そうですけれども‼　そうではなく‼』

そもそもリヒト様以外の方には認識できない存在ですけれども‼

万が一にも他人の空似があったらどうするおつもりですか⁉　ご令嬢を危険な目に遭わせたくないというリヒト様のお気持ちが、関係のないお方に向くかもしれないのですよ⁉

それ以前に、そんな理由で幽霊の見た目をご自分の理想だと公言してしまわれてよろしいのですか⁉

「実際トリアといて退屈はしないんだ。誰に害されることのない相手ならば、私は幽霊と婚約者になるのも吝《やぶさ》かではない」

『吝かであってくださいませ‼　婚約者ですのよ⁉　将来の結婚相手なのですよ⁉　しかもリヒト様は第一王子ですのに‼』

「面白いじゃないか。幽霊と結婚する王族なんて」

『前代未聞ですわよ⁉　それにわたくし、子供を産むための体がありませんわ‼』

そう、だって。

『わたくしはっ！　……わたくしは、その……』

「トリア？」

『……………リヒト様。わたくしは既に、死んでしまっていますから……』

それでは貴族令嬢としての責務を果たせませんわ。しかも相手が王族であれば、なおのこと。

『子を生《な》すのも、王族の務めですわ。ですからリヒト様は、ちゃんとした子供を産める令嬢の中からお選びくださいませ』

リヒト様が王位を継げなければ、この国は崩壊の一途を辿るだけですもの。

であればこそ、それを必死に止めたいと思う貴族も一定数以上いるはずですわ。

『幽霊と結婚するなどと第一王子に言い出されては、味方の貴族だけではなく民も困惑してしまいますわ。それは王族として、何としてでも避けなければなりませんもの』

「…………トリア。君は今、誰よりも王族に嫁ぐに相応しい発言をしているのだと、気付いているかい？」

『わたくしは他人事だからこそ言えるのです』

「他人事、ねぇ……。残念だな。トリアが相手なら、本当に結婚してもいいかもしれないと思ったんだけれどね」

『リヒト様……』

そのようなことをおっしゃらないでくださいませ。

リヒト様はこの国の王族で、第一王子で、誰よりも王位に相応しいお方なのですから。

「あぁ、ごめん。そんなに困ったような顔をしないでくれ」

『リヒト様が、悪いのですわ……』

「そうだね。私が悪かった。悪かった、けど……」

『けど、なんですの？』

「トリア。もしも君が、本当はどこかで生きているのだとしたら……」

『そんなこと、あるはずがありませんわ』

「そうかもね。だからこそ、もしも、だ。もしも、生きていたら」

『生きていたら？』

「その時には、私と結婚してくれるか？」

『なっ!? リヒト様!?』

このお方、分かっておられませんわよ!?

幽霊相手に何というおかしなことをおっしゃるのですか!!

『からかうのはお止めくださいませ！』

「いいや？　割と本気で言ってるんだが？」

『なおさらいけませんわよ!?』

「もしも、の話だろうに。……で？　トリア、返事は？」

『返事をする必要あるんですの!?』

「ある」

急にどうしたのですか⁉

真剣な表情で頷くリヒト様は、なんだかいつもと少し様子が違うように見えるのですけれど⁉

いくらなんでも破天荒すぎますわよ⁉

『わ、わたくしは……』

「うん」

そ、そんなもしも話に真剣な表情で頷かないでくださいませっ……。

けれど、その……本当に万が一にも、わたくしが死んでいなかった、その時は……。

『そ、そんな奇跡が、もしも本当に、万が一にも起こった場合は、ですわ。限りなく可能性はないに等しいけれど、になりますわよ？』

「それでいい。それでも聞いてみたいんだ。私を害するのでも避けるのでもなく、協力してくれる君だからこそ、答えを聞いてみたい」

『っ……！』

それ、は……。つまり、そんな大切なことを幽霊に、既に死んでいるであろう相手に聞いてしまいたくなるほど……。

(リヒト様は、女性から受けるご自身の評価をご存じないのですね)

おそらく生まれるより以前から、存在を疎まれてきた方だからこそ。ご自分のせいで、誰かが傷つくのをよしとしないお優しいお方だからこそ。

極力誰も近づかせないようにと、リヒト様ご自身も常に気を張られてきたのでしょう。

『わたくし、は……』

そんな、リヒト様だからこそ。

自身よりも他者のことばかり心配してしまうお方だから、こそ。

『もしも、本当にその時に、リヒト様がわたくしを必要としてくださったのなら……』

「なら？」

『その時には、もう一度そのお言葉をいただけますか？』

お支えしていきたいと、思うのです。

「それは……私の問いに対して、是と答えたと捉えていいのかな？」

『もちろんですわ。それにこのような状況でなければ、リヒト様の妃になりたいご令嬢は大勢いらっしゃったはずでしょうから』

絵画のような見た目の美しさだけではありません。その、他者を思いやれるお優しいお心も含めて。

きっと、誰よりも注目を浴びていたことでしょう。

「そう、か。ならその時が来たら、改めて申し込みをしてみよう」

『ふふ。そんな奇跡があれば、ですわよ？』

「あぁ。そんな奇跡があれば、だな」

お互い笑いあってはおりますが、きっとそんなことはないだろうと本当は理解しているのです。

けれどリヒト様は、どこか納得したようなお顔をされているので、きっとわたくしの答えは間違ってはいなかったのでしょう。

たとえそれが、この先叶えられることがないものだとしても——

「トリアには、それまでにしっかりと覚悟を決めておいてもらわないといけないな。それに私のことを覚えていてもらわないと」

『まだおっしゃいますか！』

「当然だ。これだけ内情を知っておいて、私から簡単に逃げられると思われては困るな」

『まぁ！　まるで物語の悪役のようですわよ？』

「王族を捕まえて悪役とは、トリアも酷いな」

『第一王子ですものね。普通であれば不敬に当たるのでしょうが、残念ながらわたくしは幽霊ですもの。打ち首にすることも縛り首にすることもできませんわよ？』

「いちいち物騒な方法を挙げるのはやめてくれないか⁉」

『うふふ』

最後はどこか、誤魔化すような言葉選びをしてしまいましたが。

けれどどこうでもしなければ、わたくしの方が耐えられなくなりそうだったのです。

だって、おかしいではありませんか。

わたくしは、空腹になることも睡魔に襲われるようなこともなく。そもそも、そのための体も存在していないのに。

それなのに、どうして……。

（どうしてこんなに、胸が痛むのでしょうか？）

もはや、痛みを感じることもないはずですのに。

それともこの痛みは、体ではなく心で感じてしまうものなのでしょうか？

（もしも……。もしも、そうであるとするのならば……）

たとえ幽霊になってしまっていたとしても、心はなくならないのですね。そしてだからこそ、この痛みから逃れることはできないのでしょう。

いつかわたくしが、本当に消えてしまうその日までは。

◇◆◇◆

どこかで、気付き始めていた。

トリアが消えてしまったのではないかと思った、あの日から――

『もちろんですわ！　リヒト様だけが特別なんですの！』

「ッ……。そう、か」

だから、トリア。

たとえそこに別の意味などないと分かっていても、一瞬でも期待させるようなことを言うのはやめてくれ。

モートゥ侯爵の提案についても、第二王妃派の今後の動向についても、反王家派の正体についても。

正直今はどうでもいいとさえ思ってしまう。

それほど、までに。

（考えるな。トリアは既に死した側の存在だ。自らのことを何一つ思い出せないままの、ただの幽霊）

自らに言い聞かせるかのように、何度も何度も繰り返すそれは。私にとっては、現実を突きつけるだけの事実でしかないはずなのに。

なぜこんなにも、胸の痛みを覚えなければならないのか。

答えなど、とうに分かっていた。

「婚約者、か。今さら急いで見繕ったところで、無駄だろうに」

こちら側の陣営の貴族から、何らかの打診があったのだろう。珍しく父上から、手紙という文字として残る形で伝えられた。

見られても問題ないといえばないだろう。むしろ婚約相手をそろそろ選ぶのは当然の流れなのだから、理解はできる。もしかしたらフォンセにも同じような文面が送られているのかもしれない。

だが……。もしも本当に、私に選択肢があるならば。

私は、トリアを……。

『どうかされましたか？』

「うわぁっ⁉」

いきなり隣に出てくるな‼　驚くだろう⁉

あまりの衝撃に、つい手紙を落としてしまったが、今はそれどころではない。

むしろ。

まさに今、彼女のことを考えていたからこそ。

ちょっとした気恥ずかしさと動揺を隠すように、どうでもいい会話を続けてしまう。

けれど困ったことに、こんな些細なやり取りを楽しい、と。

そう思ってしまうようになった自分自身がいることも確かで。

(実際、トリアが婚約者なら、きっと退屈とは無縁だろうな)

突拍子もない行動を取る彼女に、振り回されている自覚はある。が、それ以上に不思議と毎日が楽しいと感じられるようになっているのだ。

今まではただ、惰性で生きているようなものだったというのに。

だから、つい。

そう、つい。

願望が、口をついて出てしまったのであって。

(決して、トリアを困らせたいわけじゃあ、ない。ないんだが……)

それでも欲しいと思ってしまった。

叶わなくてもいい。ただ、トリアからの答えが欲しい、と。

(望みのない約束だと、理解はしている。それでも……それでもいつかの日のために。彼女がいなくなってしまった後でも、私が生きている意味が)

そこでようやく、生まれるような気がして。

だから、トリア。冗談でも何でもないんだ。

本当に、本気で。もしも、君が生きているのなら。

私は必ず君を探し出して、もう一度結婚の申し込みをしよう。

(叶わない恋なのだと、分かってはいるんだ)

それでもどうしても、今の私には君しかいないから。

幽霊に対してこんな想いを抱くなど無意味だと、頭では嫌という程理解しているというのに。

「ままならないな。人の感情というのは」

トリアが再び出かけた執務室の中。まだカーマも戻らないのをいいことに。

一人自嘲と共に吐き出した言葉は、誰に聞かれることもなくただ消えていく。


きっといつの日か、私のこの想いも。

初めての恋心すら、トリアの存在や私たちの関係と同じように誰に知られることもなく消えていくのだろう。

いずれ必ず来るであろう別れの日の。そのずっと先の、いつかの未来で。

5. 動かぬ証拠

あれ以来、何事もなかったかのように過ごしておりますが。

時折、リヒト様のあの真剣な表情を思い出してしまい、一人恥ずかしくなるということを繰り返しております。

『リヒト様ご自身が、以前と何ら変わりないのですもの。それがまた逆に、羞恥心を煽るのですわ』

なんて、一人文句を言ってみますけれど。今ここにリヒト様はいらっしゃらないので、わたくしの言葉は誰にも聞こえないのです。

むしろそんなことを言っている場合ではないのですけれどね。

「アプリストス侯爵。登城されるのであれば、お知らせください」

「相変わらずだな、バッタール宮中伯」

「ジェロシーア様のご予定の変更もありますからね。いくら実の父親といえども、王族相手には敬意と節度を持っていただかなければ困ります」

これは……アプリストス侯爵、ちゃんとした手順を踏まずにジェロシーア様へお会いになるおつもりで登城されたのですね？

本当に苦労人ですわね、バッタール宮中伯は。

「そういうお前は、ジェロシーアの開くパーティーにも出席していないとか？」

「ジェロシーア様、ですよ。アプリストス侯爵。それに私が出席しないのは、やるべき事が山のようにあるからです」

なんでしょうか？　もしかしてお二人は、仲がお悪いのでしょうかね？

そもそも会話のやり取りからして、バッタール宮中伯はアプリストス侯爵を嫌っておいでのようですが……。

けれど、それにしてはなんだか、こう……。

「まったく。仕事ができるから重宝しているが、それ以外でどうしてフォンセとジェロシーアが特別お前を取り立てるのか理解できんな」

「私はただ、現国王陛下の時の二の舞になってはならないと思っているだけですから」

「あんなことはそうそう起こらん。色々と不運が重なっただけだと言っているだろう」

「だからこそ、です。不運はいつ訪れるか分かりませんからね」

やはりどこか、おかしい気がいたします。

そもそもバッタール宮中伯は、第二王妃派なのでしょうか？　お話の内容からすれば、そうとしか取れないのですが。

それにしてはジェロシーア様の実のお父様であるはずのアプリストス侯爵への態度が、あまりにも棘がありすぎるような？　それとも非常識なことをされているから、お怒りなのでしょうか？

わたくしの考えすぎなのか、そもそも普段のお二人はどのような会話をされているのか。本当に何も、分からないのですよね。

判断材料が少なすぎて、結論が出せませんわ。

『ただ一つだけ分かったことがありますわ。確かにこの体形では、頻繁《ひんぱん》に登城はできないでしょうね』

少々どころではないくらいお太りになっているアプリストス侯爵では、階段の上り下りはおろか中庭に歩いていくのですら一苦労でしょうし。

フォンセ様は、アプリストス侯爵に似てしまわれたのでしょうね。髪の色は少しだけアプリストス侯爵の方が明るい気がしますが、それでも同じ茶色ですし。

太り過ぎて、瞼で瞳はあまりよく見えませんが。おそらくは髪と同じ色なのでしょう。

同じ瞳が見えない相手でも、アプリストス侯爵とバッタール宮中伯は正反対ですわね。片や太り過ぎ、片や痩せ過ぎ。バッタール宮中伯はだいぶ背が高いお方ですが、アプリストス侯爵はそうでもないですし。

「フンッ。まぁ、警戒するに越したことはないからいいがな」

「えぇ。アプリストス侯爵も、うっかり裏切者を引き込んでしまわないように気を付けてください」

「余計なお世話だ！　まったく。お前と長話をしていられるほど、私は暇じゃないんだ。失礼する！」

まぁまぁ。気の短いお方ですこと。

けれど、ジェロシーア様もフォンセ様も似たようなものですし、そういう家系なのかしら？

『それにしても……。相変わらず、どこを見ていらっしゃるのか分からないほど随分と目の細い方ですわね、バッタール宮中伯は』

去って行くアプリストス侯爵の後ろ姿を眺めている、のかもしれませんし、そうではないかもしれません。

『分かりにくいんですのよ』

表情があまり変わらないお方なので、なおさらなのです。何を考えていらっしゃるのか、感情一つ読み取れませんわ。

けれど。

「どうせなら、ずっと屋敷に引きこもっていればよいものを」

最後の最後、バッタール宮中伯が立ち去る直前に残していった一言は。

どこか、恨みが籠っているようにも聞こえる声でした。


結局、アプリストス侯爵が登城された日もリヒト様は普段通りでしたし、その後も特に問題なく日々を過ごしているのです。

が。

『なぜでしょうね。どうにもバッタール宮中伯の最後の一言が気になって仕方がないのです』

「確かに、彼にしては珍しい暴言だな」

『そもそもあの方は、なぜリヒト様ではなくフォンセ様についていらっしゃるのですか?』

「父上の兄上方のことがあったからだと聞いている。第一王子ばかりに目をかけていては、万が一の時に対応ができないから、と」

『ですが、それならばなおさら現状を嘆かれてしかるべきではありませんか?』

「そう、なんだが……。彼が用意した家庭教師たちは、全員フォンセが嫌がらせとして私の元に送り出しているからな。何もしていないわけではないんだろう」

『それは……』

なんだかまた、バッタール宮中伯の苦労を知ってしまった気がいたしますわね。

「当時たった一人残った王位継承権を持つ王子だった父上を、年が近いということも相まってお支えしたとは聞いているが」

『そうなんですの？　けれど……』

そんな人物であるならば、どうしてリヒト様のお側に一度もいらっしゃったことがないのでしょうか？

「父上をお側でお支えするためには、私に極力関わらない必要があるんだ。私がまだ幼い頃、特別に目をかけてくれた貴族たちはことごとく地方へ飛ばされたらしい」

『それは、アプリストス侯爵が？』

「直接ではないが、まぁそうだろうな。当時からあの体形で本人は直に知らなかっただろうが、第二王妃が許さないだろう？」

それで権力と財力を振りかざして、自分にとって不利な状況を作り出すかもしれない相手を政治的に追い落とした、と。リヒト様はそう説明してくださいました。

「むしろ私としては、トリアが何にそんなにこだわっているのかがわからない。正直叩いても何も出てこなかった数少ない相手だったんだが？」

『何でしょう？　幽霊の、勘？』

「そこはせめて女の勘と言ってくれないか!?」

あら、だって幽霊の方が勘が鋭そうではありませんか？

けれど真面目に、何か気になるのですよね。モートゥ侯爵とはまた違って、こう背中がムズムズするような、何かがあるのです。

『正直怪しくなさそうな人物を一度疑うべき時期だと思うのですが、リヒト様はその辺りどう思われますか？』

「それは……確かに、そうかもしれないが……」

そうなると、リヒト様は数少ない信頼できるお相手も疑わなければならなくなってしまいますものね。その精神的負担は、計り知れません。

けれども。

『だからこそ、わたくしの出番ではありませんか！　あ、ちなみにカーマ様とリヒト様付きの従者は完全なる白ですわ！』

「調べたのか⁉」

『当然です。最初は最も身近な人物から疑うべき、でしょう？』

常套手段ではありませんか？

「いや、まぁ、私では調べようがないのは確かだが……。トリア、君も案外思い切りがいいだけじゃなく仕事が早いな」

『少しでもリヒト様に安心してお過ごしいただきたいのですもの！』

そのために必要とあらば、いくらでも。

なにせわたくし、幽霊ですから。誰にも知られることなく、どんな方の秘密も持ち帰ることができる便利な存在なのですわ！　えっへん！

「だが、そうか。そうなると……」

『リヒト様？』

顎に手を添えて、僅かに顔を傾けるその仕草は、何かを真剣に考えていらっしゃる時の癖なのでしょう。

相変わらず、その美しい金の髪がさらりと揺れて。首元に僅かに髪がかかる様子が色っぽくて妙にドキドキするのだということは、わたくしだけの秘密にしておきましょう。


「トリア。バッタール宮中伯は、登城後は毎日真面目に仕事をしてくれている。むしろ彼がいるおかげで、第二王妃陣営がまともに機能できていると言っても過言ではない」

でしょうね。事実、あの方はどう見ても苦労人でしたもの。

けれど。

「だからこそ、ほんの僅かな隙すら見せないようにしているのだとすれば、かなりの切れ者だ」

『そうですわね。わたくしも、確実に怪しいと思えるような証拠はありませんもの。ただ……』

「ただ？」

『少し気になる事があるのです』

僅かに。そう、ほんの僅かに。アプリストス侯爵とバッタール宮中伯がお話をされている時に覚えた、違和感が。わたくしの中から、消えてはくれないのです。

そして、同時に。

『金仮面の君はバッタール宮中伯と同じくらいの痩せ形で、やはり同じくらい背の高いお方でしたの』

「な!?」

『お声はその仮面のせいでハッキリとは分かりませんでしたが、もしもバッタール宮中伯のお屋敷からあの仮面が見つかれば……』

それこそ、動かぬ証拠になるのではないでしょうか。

「どうしてそれを早く言わなかったんだ!!」

『アプリストス侯爵と並んでいらっしゃる姿を後から思い出して、そう思っただけなのですもの。確証はありませんわ』

「だがっ……!!」

『何より。バッタール宮中伯が本当に黒幕なのだとすれば、ですよ？　疑いを持ったことが知られた時点で、リヒト様の身の安全は保障されない可能性が高くなります』

「それ、はっ……」

どこから関わっていらっしゃったのかは分かりませんが、少なくとも金仮面の君にとってリヒト様が邪魔な存在であることに変わりはないのです。

これ以上の危険を冒す必要など、ありませんでしょう？

『それにまだ、バッタール宮中伯が黒幕だと決まったわけではありませんわ。たとえ違ったとしても、黒幕の存在を確信している上に正体を探っているなどと、他の方に知られたら……』

「……それこそ終わり、か」

今はまだ反抗する意思を見せず大人しくしているからこそ、強硬手段には出られずに済んでいるのだと。そう以前おっしゃったのはリヒト様ご自身ですもの。

であれば、最後の最後まで気取られてはならないのです。必要なのは、全ての罪を詳らかにするその瞬間まで、今以上に害があると思わせないこと。

「だが、どうする気だ？　城の中で怪しい動きをしたことなど、一度もない相手だ」

『だからこそ、わたくしなのですよ！　わたくしならどこへでも気付かれずについていけますもの！』

「まさか……バッタール宮中伯の屋敷にまでついていくつもりか⁉」

『その通りですわ‼』

むしろそこからが本番ではありませんか‼

幽霊であるからこそ、肉体を持たないからこそ、わたくしはどこへでも難なく侵入することが可能なのですから。

『たとえ隠し部屋があろうとも、必ず見つけてみせますわ‼』

「君は思い切りが良すぎる‼」

はぁ〜〜〜と、これまた今まで以上に大きなため息をついておいでですけれど。

リヒト様？　これは危険な任務でも何でもありませんよ？

むしろわたくしにとってみれば、散歩と変わらないのです。お城の中から別の方のお屋敷へと、場所を移しただけなのですから。

そもそもわたくし、リヒト様以外の方に見えない存在ですし。

『わたくしが幽霊としてリヒト様とお会いしたのも、このためだったのかもしれませんわよ？』

「そんなわけあるか。都合が良すぎる」

『あら。でしたら余計、わたくしを使っていただかなくては。それにそもそも、わたくし以外のどなたにできるというのですか？』

「それは……そうなんだがな？　そういうことじゃなくて、だな」

はぁ、と。もう一度今度は小さくため息。しかも片手で頭まで抱えられてますけれどもリヒト様リヒト様、これはチャンスなのですよ？　しかも、一世一代の。

それともわたくしは、そんなに信用がないのですか？　ちょっと悲しくなってきましたわよ？　幽霊なので涙は流せませんけれど、泣きたい気分ですわ。


むしろ、本当に泣いてやろうかしら？


「とにかく、だ。どちらにせよ、今すぐには無理だろう？」

『そうですすわね。まずはバッタール宮中伯のお仕事中の様子も見てみたいですし、お屋敷の場所もこれから調べなければなりませんし』

「なら、ある程度準備が整ったら、教えてくれ」

『あら？　わたくしてっきり、反対されているのかと思っておりましたわ』

「反対だ。反対だが、確かにトリアの言う通り今は誰も動かせない。そもそも人手も足りない」

なるほど。それで幽霊の手でも借りるしかないと、そう結論付けたわけですね。

流石リヒト様ですわ！　合理的なご判断です！

「だからまずは、バッタール宮中伯を探りつつでいい。その中でもし彼以上に怪しい人物がいたら、その時はまた教えてくれればいい」

それにすぐさま頷いたわたくしに、リヒト様もどこか安心したようなお顔をしてくださいましたけれど。

まさかそんなことを話した数日後。

『大変ですわ!!』

「……前にもあったな、こんなこと。で？　一体今度は何なんだ？」

『わたくし見てしまったんです!!　賄賂が渡される場面を!!』

「……で？　君はそれが誰なのか分かるのか？」

『お顔はバッチリと覚えております!!』

「話の内容は？」

『そちらも当然!!』

「……詳しく聞こうじゃないか」

などという会話が繰り広げられることになるなど、わたくしもリヒト様も予想しておりませんでしたわ。

あれは予想外でしたもの。バッタール宮中伯が通り過ぎた扉の前をわたくしも通ろうとしたら、なんだか怪しげな会話が聞こえてきてしまったのですから。

そうなってしまったら、入らずにはいられないでしょう？

そんなこともありましたが、何はともあれ。

リヒト様から許可を得たわたくしは現在、バッタール宮中伯のお仕事ぶりを拝見させていただいているのですが……。

『むしろこの方、合理的かつ的確にお仕事を進めていらっしゃるのですね』

若干、お一人で抱えられる量を超えていらっしゃるような気もしますけれど。

といいますか、どこかこのお方、他人を信用していらっしゃらないような？

『部下に割り振れるお仕事も多いはずですのに、それもせず……』

かつ、昼食はお一人でとられていたり、と。貴族として大切な社交の場に、一度も顔を出す気配もありません。

宮中伯という地位に就いていらっしゃるにしては、他の貴族と関わり合いがなさすぎる気がいたしますわね。

『本来、大勢の方とのお付き合いが必要になるお立場のはずですけれど』

確かにお仕事の量は多いのでしょう。ジェロシーア様やフォンセ様に関連する問題事も、色々と処理しておられるようですし。

けれど全く時間がないかといえば、そうでもなく。ただどなたとも関わらないのがほとんどだというだけですが。

それもそれで、おかしな話なのですよ。

『お屋敷にも、最低限の人数しか配置されていないようにも見えましたし、ね』

どうにも、立場と振る舞いや在り方がかみ合っていないような。そんな違和感が日に日に強くなっていくのです。

ここはやはり、リヒト様に一言告げて内情を調査すべきなのでしょうね。外から見える範囲でしか、わたくしはまだ判断できていないのですもの。

と、いうわけで。

『しばらくバッタール宮中伯のお屋敷に行ってまいりますわ』

「君のその唐突さは……どうにかならないのか？」

あら、おかしいですわね？　ついこの間お話ししたばかりですのに。

もうお忘れですか？　リヒト様。

『わたくししか自由に動けないのですから、使ってくださいませ』

王族として、第一王子として、人の上に立つ者として、最善の選択を。

幸いなことにわたくしは、誰にも害される事のない存在ですもの。見えない、なんて。最強ではありませんこと？

「はぁ……。どうせ、行くなと言っても無駄なんだろう？」

『当然ですわ！』

「断定した言い方をしていたもんな、そうだよな。君はそういう女性だ」

あら、よくお分かりですわね。

はじめから決めていたことをお伝えしただけですもの。いくらリヒト様といえども、わたくしを止めることは出来ませんわ。

「じゃあせめて、行く前に抱きしめさせてくれ」

『だっ!?　む、無理です無理です!!　だってわたくし、幽霊ですもの!!』

それ以前に!!　幽霊とはいえ異性であろう相手に向かって、なんてことを仰るのですか!!

リヒト様一体どうなさったのですか!?　この間から少し様子が変ですわよ!?

「私は立場上、そうやって何人も送り出してきて……結果、そのほとんどが帰ってこなかった」

『そ、れは……』

確かに、そうかもしれませんが。けれど!! わたくしは幽霊ですわ!!

わたくしが何にも触れられない代わりに、わたくしにもたとえリヒト様でも触れることはできないのですもの。

『他の方はそうかもしれませんが、わたくしに限ってはそのような心配は必要ありませんわよ?』

「そう、かもしれない。だが、どうしても……」

ご自身の両手を見つめるリヒト様。その肩には、一体どれだけの重圧がのしかかっておられるのか。

わたくしには、想像すらできないことですけれども。

帰ってこなかった、というのは。飛ばされた貴族、裏切った貴族、そして……。

(命を散らした方も、いらっしゃったのでしょうね)

だからこそリヒト様は、幽霊であるわたくしを送り出すことにすら恐怖を覚えていらっしゃるのでしょう。

それはきっと、リヒト様が今までずっと抱えていらっしゃった恐怖の一つ。

(けれど、だからこそ)

わたくしは今ここで、リヒト様を安心させて差し上げなければ。

そうでなければきっとこの優しい王子様は、いつまでもご自分を責め続けてしまうでしょうから。

何よりわたくしは、幽霊ですもの。リヒト様にのみ視認できる、誰にも傷つけられることのない存在だからこそ。

『大丈夫ですわ、リヒト様。わたくし、リヒト様を裏切るつもりなどありませんもの』

「そんなことは、心配していない」

『あら、でしたらなおさら問題ないですわ。だってほら、リヒト様』

どこか心配そうにこちらを見上げるリヒト様の正面、同じ目線になる位置まで降りて真っ直ぐその瞳を見つめて。ゆったりと微笑んだまま、手を伸ばしてみるのです。

この手はどうやっても、その滑らかな肌に触れることはできないのだと知りながら。

『ほら、やっぱり……。すり抜けてしまうじゃないですか……』

「トリア……」

『わたくしの姿が見えるリヒト様でも、触れることはできないのです。それなのに一体どなたが、わたくしを害することができるというのですか』

どんなに願っても、わたくしがリヒト様に触れることも、リヒト様がわたくしに触れることもできません。

けれど今はそれこそが、わたくしが安全だという何よりの証拠になるのですから。

それなのに。

「トリア、どうして……どうして私には君の姿が見えるのに、声が聞こえるのに……。触れることだけは、できないんだろうか……」

寂しそうな顔をして、そんなことを言わないでくださいませ。

第一。

『触れられる幽霊など、それはもはや幽霊ではない何かではありませんか？』

わたくし、流石に化け物にはなりたくありませんわよ？

けれどリヒト様にとっては、そうではなかったようで。

「それでもいい。君に触れられるのであれば、なんだって」

今度はリヒト様から手を伸ばして、まるでわたくしを抱きしめるかのようにその腕の中に囲われたのです。

決して伝わることのない感触。けれどすり抜けないように、本当にギリギリの場所まで回された腕。

そこから抜け出すことなど、わたくしにとっては簡単なことですけれども。

（わたくしも、リヒト様にだけは触れられれば良かったのに、と……思ってしまうのです）

せめてもと、その胸元にそっと手を添えてみますけれど。やはりどうしても、触れることはできないのです。

けれど伝わってくるはずのない体温を、そのぬくもりを、求めてしまうわたくしがいるのも確かで。

（あぁ、わたくしは……）

いつの間にか、リヒト様に恋をしてしまっていたようです。


「トリア、一つだけ約束してくれないか？」

『何を、でしょうか？』

「必ず……必ず、私の元へ帰ってくる、と。何事もなく無事に、必ず……」

触れられているわけではないはずですのに、なぜかリヒト様が腕に力を込めたことだけは分かって

しまって。

　そしてそれだけで嬉しくなってしまうわたくしの心は、もう既にずっと前からリヒト様ただお一人だけに向かっていたのでしょう。

「途中で消えたりしないでくれ」

『もちろんですわ、リヒト様。わたくしは必ず、リヒト様の元に帰ってきますもの』

　ふと見上げた先で、鮮やかな青の瞳は僅かな翳りを持ちながら。けれど真っ直ぐに、確かにこちらを見つめていたのです。

　隠しきれない、熱を湛えて。

（あぁ、リヒト様……。わたくしたちは、なんて……）

なんて、報われない想いを抱いてしまっているのでしょうね。

わたくしがリヒト様に向ける視線にも、同じ熱が込められているのでしょう。だからこそ、それに気づかないほどわたくしも愚かではないのです。

　けれどわたくしは、今あえてそれを口にするのではなく。

『お約束、しますわ。……必ず、朗報を持ち帰ると』

「……別に、そこは約束しなくてもいいんだが？」

『あら、大切なことですわよ？　だってわたくしの勘が、バッタール宮中伯が怪しいと告げておりますもの』

「君の勘は、当たるのか？」

『幽霊ですもの！　当たるに決まっていますわ！』

少しでも、普段と同じリヒト様に戻れるように。殊更に明るくそうお伝えするのです。

「いや、どこにそんな根拠が……」

『まぁまぁリヒト様、わたくしを疑っていらっしゃるのですか？』

「そういうことじゃないだろう⁉」

『うふふ。でしたら信じて待っていてくださいませ』

わたくしは必ずここに、リヒト様のいらっしゃる場所に、帰ってきますから。

だからそんなに、心配しないでくださいませ。

「そう、言われてしまうとなぁ……」

『それにリヒト様、わたくし良いことを思いつきましたの』

「今度はなんだ？」

優しくわたくしの目を覗き込んでくるリヒト様が、僅かに首を傾げたのと同時に。その柔らかそうな金の髪が、さらりと首元から滑り落ちていくのです。

あぁなんて美しいのかしら、と。思わずうっとりしそうになる自分を奮い立たせて。

『リヒト様、わたくしとも一つ約束してくださいませんか？』

「何を、かな？」

『もしもわたくしが生まれ変わったその時には、リヒト様が必ず見つけ出してくださいませ』

「っ⁉」

それは、未来の約束。

『いつになっても構いません。リヒト様がリヒト様でなくなったとしても、わたくしがこのことを覚えていなくても』

それでもいつか、わたくしを見つけ出してくださったら。

わたくしはそれだけで良いのです。

『わたくし自身がまだ生きている方に賭けるよりも、ずっと可能性が高そうではありませんか？』

「君は……」

幽霊が存在しているのですから、生まれ変わりがあってもおかしくはないでしょう？

何よりリヒト様に、未来への希望を持っていただかなくては。

「本当に、敵わないなぁ……」

ですからリヒト様、そんな風に笑っていてくださいませ。

それに。

『今回は今生の別れではありませんわ。ちょっとお出かけしてくるだけなのですから』

「そう、だね。じゃあ私は、君が無事に帰ってくると信じて待っていよう」

『ええ、そうしてくださいませ！』

わたくしだって、このままいなくなるつもりはありませんもの！

「行っておいで、トリア」

『はい。行ってまいりますわ、リヒト様』

リヒト様の腕の中から飛び出して。

わたくしは勢いよく窓の外、バッタール宮中伯のお屋敷へと向かうのでした。

以前お屋敷の場所を知るために、一度だけお邪魔したことがあるバッタール宮中伯邸。

外から見ると、一見何の変哲もないように思えるのですけれども……。

『お庭のあちらこちらが荒れておりますわね。手入れが行き届いていない証拠ですわ』

けれど宮中伯ともあろうお方が、資金や人手が不足しているなどということはないでしょうし。

となれば、そもそもバッタール宮中伯はそこまで気にしないお方なのか。

『ただ本来でしたら、夫人のお仕事のはずなのですが』

それにお屋敷の中で働く使用人の数も、外から少し見ただけでも明らかに少ないようにお見受けしますわ。どう考えても、明らかにお屋敷の大きさと人数が見合っておりませんもの。

正しい維持が、なされていない。そうとしか思えませんでした。

ですから、今日こそはその謎を解き明かしてみせますわ！

『いざ!! 調査開始なのです!!』

えいえいおー！ と、一人気合いを入れて。まずはお屋敷の端から端まで、色々と見て回ることにいたしましょう！

と、意気込んだはずなのですが……。

『ほとんどのお部屋が使われていないなんて……どういうことですの!?』

数日間、色々なお部屋を見て回ったというのに！

これではまるで幽霊屋敷ではないですか!! いえ！ 幽霊はわたくしの方ですけれども!!

それともバッタール宮中伯は、お屋敷を手放すおつもりですの!?

それに‼

『どうしてどこにも、夫人がいらっしゃらないのですか‼』

お出かけ中、ということではなさそうでした。

だってお部屋にドレスやお化粧道具はあるんですもの。明らかにバッタール宮中伯が生活しているであろう、夫婦の寝室らしき場所も。

にもかかわらず‼ そのお姿は影も形も見えないのですが！

『どういう、ことなのでしょうか？ 離縁した、ということではなさそうですし……』

困りましたわね。使用人たちも毎日忙しそうに働いていて、おしゃべり一つしていませんし。

むしろそれぞれが担当する場所が広すぎて、皆さんほぼお一人で働いていらっしゃるのですもの。

これでは情報を得られませんわ。

しかもバッタール宮中伯ご本人は、ここ数日お帰りが遅くて。食事と睡眠だけをとりに戻ってきているように見えました。

『もう外はとっくに暗くなっていますのよ？ いったい何をなさっておられるのでしょうね』

そこまでお忙しいわけではなかったと思うのですが。

こんなことになるのなら、毎日お屋敷でお戻りを待たなくてもよかったかもしれませんわね。宮中伯なので、どこか遠方へお出かけということではないと思いますが――

「旦那様がお帰りになられました」

『まぁ！ それはお出迎えに行かなければなりませんわね！』

お屋敷の中も十分見て回れましたし、いつもよりもずっと早いお戻りですし。むしろちょうど良かったかもしれませんわ！

先ほどまでの後悔？　必要なかったようですもの。これはこれで問題ないのです。

それにしても、あの使用人の男性は全員にそれを伝えに行っているようですわね。けれど言われた側は、特にお出迎えに向かう様子もありませんし。

いったい、何のためにそんなことをしていらっしゃるのでしょうね？

『疑問は次々と湧いてきますけれど、まずはバッタール宮中伯にお会いしなければ始まりませんよね』

壁抜けはしないように探索していたので、玄関ホールまでの道のりは既に覚えておりますわ。

一度外に出てしまった方が、本当は早いのかもしれませんけれど。今はそんなに急いでもいませんし。

『さぁ、バッタール宮中伯。今、幽霊《わたくし》が参りますわよ』

物語の幽霊は、人を呪い殺したりすることもありますが。わたくしはそんなことはできませんもの。

代わりに、誰にも知られてはいけない秘密を暴きにいきますわ!!


「お帰りなさいませ」

「報告は？」

「本日は特にございませんでした」

「そうか。それなら後で」

「かしこまりました」

あら？　あらあらあら？　いったいどういうことでしょうか？

バッタール宮中伯よりもお年を召しておられるように見受けられるのは、あの方が家令だからなのでしょう。遅いお戻りでも、あの方だけは常にお出迎えにいらしておりましたもの。

けれどそれ以外の方のお出迎えがないのは、今までが遅い時間だったからではないようですわね。

バッタール宮中伯がそこを気にされないあたり、こちらではこれが日常なのでしょうが。

『何ですの？　その二人だけが分かっているかのようなやり取りは。逆に怪しすぎますわ』

そもそも何の報告なのでしょうね？

ここはご自宅なのですよ？　それなのにここで詳しいお話をせずに、後ほどどこか別の場所で、なんて。

『確かにお戻りになったばかりですけれど、それまでの間にお話しすることができるはずではありませんか？』

にもかかわらず、バッタール宮中伯も家令も一言も話さずに廊下を歩いていらっしゃるなんて。

『怪しすぎますわ！』

このお屋敷の中にいればいるほど、わたくしの勘が怪しいと告げてきますの。

ほとんどのお部屋が使われていなかったとしても、その全てのお部屋の家具に白い布がかけられているだなんて……そんなこと、普通あり得るのでしょうか？

バッタール宮中伯のお屋敷にお邪魔してからというもの、何人かの使用人の後ろをついていったのに。わたくしが見た中で唯一家具に白い布がかけられていなかったのは、バッタール宮中伯がお使いになっているであろうご夫婦のお部屋だけでしたわ。

他のお部屋は簡単な掃除をされているだけのようでしたし。そもそも家具も使用できる状態なのか、怪しいところですわ。

『朝から始めているというのに、バッタール宮中伯がお戻りになられるギリギリになってもまだ、お屋敷内部の点検やらお掃除やらが終わらないのは、人手不足のせいでしょうし』

それもおかしな話なのですけれどね。

それとも何か理由があって、相当切り詰めた生活をなさっておいでなのかしら？

もしもこれで少しでも民のためにと寄付をなさっておいでなのだとしたら、それはそれで素晴らしいことなのですが。

『万が一そうだとしても、このお屋敷の中で働く方々の表情は暗すぎますわ』

国のため、寄付のためという理由であれば、もっと明るい表情でお仕事をされていてもおかしくないと思うのですが？

誰一人として、そうではないのですよね。見事なロマンスグレーの家令ですら。

『それにしても……堂々と動けるのは、幽霊の特権ですわね』

これだけ目の前で、しかも何日にもわたって内情を探っているのに、誰にも怪しまれないというのは。なかなかに、便利ですわね。

そしてやはり、リヒト様以外にわたくしの姿を見る事ができるお方はいらっしゃらないのですね。わたくしとしては、その方がありがたいのですけれど。

「旦那様、例の物を書斎にお持ち致しました」

「分かった。今から確認する」

バッタール宮中伯の夕食の様子を眺めながら、色々と考え事をしていたのですが。食事が終わるタイミングで、先ほどの家令がバッタール宮中伯にそう告げたのです。

これはつまり、今からが本番ということですわね？

『さて、何が出てくるのか楽しみですわね』

真剣な表情で頷いたバッタール宮中伯の雰囲気が、一瞬だけ険しくなったように思えたのは……きっと、気のせいではありませんもの。

となれば、かなり重要な何か、でしょうね。

もしかしたらそれは、リヒト様を脅かす材料の一つかもしれませんし。そうだとすれば、わたくし見逃すことはできませんわ。

『とはいえ毒薬などですと見た目では判別がつきませんし、できれば金仮面くらい分かりやすいものであって欲しいですわね』

机の上に金仮面が置かれる様を想像すると、あまりに面白い光景につい笑ってしまいそうになりますけれど。バッタール宮中伯と家令のお二人に置いて行かれないように、わたくしもその後ろをついていくのです。

もちろん歩いてではなく、浮いて、ですけれどね。


「それで？」

「ジェロシーア様より、機密文書が届いておりました」

「内容は？」

「リヒト王子の暗殺計画について」

『いきなりですわね⁉』

書斎の扉を家令が閉めるのを確認したバッタール宮中伯が問いかけた途端、まさかの内容が飛び出すのですもの。

確かにこれは、玄関ホールや食堂で話すような内容ではありませんわね。

「まったく……。あの第二王妃は相当頭がおかしいな。文書で残してどうする」

「その通りでございますね」

『同感ですわ！』

普通そういった物は、残さない形で伝えるべきではありませんかね？

書斎の机の上に置かれた手紙を手に取って、その文字をバッタール宮中伯が目で追っておりますけれど……。

……ん？　あら？

今、バッタール宮中伯……ジェロシーア様のことを、馬鹿にしておられませんでしたか？

「俺が本当に味方だとでも思っているのか？　馬鹿馬鹿しい」

『え……』

えええぇぇ⁉

バッタール宮中伯、今ご自身のことを民たちと同じように「俺」とおっしゃいました⁉　それにまさかの、味方ではない宣言⁉

い、いったいどういうことなのでしょう??

「けれどこれでまた一つ、アプリストス家を破滅へと追いやるための材料が揃いました」

「第一王子の暗殺を計画した時点で、第二王妃は実刑を与えられるが……第二王子に関しては臆病者過ぎて、貴族への仕打ちでしか刑を言い渡せない」

「おや、それは困りましたね。それでは第一王子へは何も？」

「嫌がらせ程度だ。厄介なことに、本気で命を奪おうとしたことは一度もない」

「それは、まぁ……本当に臆病な王子ですねぇ……」

あ、あら……？　一体今、何が起こっているのかしら??

「第一王子も折角生かしてやっているというのに、第二王妃たちを蹴落とせないようなら、意味がない」

「第一王子へ肩入れする貴族たちを、第二王妃たちが地方に飛ばし過ぎたせいでしょう」

「いっそ計画の順序を逆にするか？」

「それは難しいかと。正式にアプリストス家を断罪できる存在がいなくなってしまっては、それこそ意味がありませんから」

これは、つまり……。バッタール宮中伯にとっては、アプリストス侯爵が敵、だということでしょうか？

けれどそうなると、リヒト様を害そうとする黒幕とはまた別？

「どちらにしても王家は全員厄介だな。やはりいっそ、庶民や貴族を煽って反乱でも起こさせるか？」

そんなことありませんでしたわぁ!!

この方が黒幕ですわ‼　明らかに黒幕ですわ‼　リヒト様‼

「現在王都に残っている貴族たちでは、まずもって成功いたしません。旦那様も、そのことはよくご存じではありませんか？」

「……そうだな。確かに、この間もそうだった」

『この間？』

それも疑問ではありますが、なぜかお二人とも書斎机の後ろの本棚を見つめていることの方が気になりますわね。

その本棚に、何かあるのですか？

『特に変わった書物があるわけでもありませんし……まさかこの後ろに隠し部屋でもあるのですか？』

貴族のお屋敷だからといって、そこまであるとは限りませんものね。

でもほら、ちょっとだけ。万が一、なんてことがあるかもしれませんもの。

それに壁をすり抜けて隣の部屋に行ってしまったとしても、幽霊ですもの。仕方ありませんわ。

だからちょっとだけ、お邪魔いたしま――…………。

『本当に隠し部屋があるんですの⁉』

覗いた先には、明らかな隠し部屋。しかも窓がない徹底ぶり。

しかも……。

『あれは、まさかっ……‼』

隣の部屋から漏れる僅かな明かりを反射しているのは、あの会合の日に見た金の仮面と銀の仮面。

『見つけましたわ!!　動かぬ証拠!!』

つまり金仮面の君はバッタール宮中伯で、銀仮面の君はその家令だったということですわね！

そしてこれを見せて会合に参加した貴族たちを揺さぶれば、きっと問題なくバッタール宮中伯を捕まえることもできるでしょう。

「どういたしますか？」

「どうもこうも……折角あちらから提供してくれた材料だ。これを持って、告発しに行く」

「よろしいのですか？」

「逆にあの頭の悪い女は、このことをどこかで口にするはず。その前に報告しなければ、今度はこちらが疑われる」

『疑うどころか、わたくしは確信してしまいましたけれどね？』

そしてそれを今から、リヒト様に報告してしまうのですけれど。

ただもう少しだけ。得られるだけの情報は持ち帰りたいので、立ち聞き……あ、いえ。浮き聞きをさせていただきますけれどね。

「ですが、この後の計画に支障が出るのでは？」

「まぁ、多少は疑われるだろう。だがそれも第二王妃と第二王子、そしてアロガン・アプリストスの処罰が決定するまでだ」

「旦那様は一切関わっておられませんからね。ですが……第二王妃派の貴族たちからの反感を買いますね」

「だからこそ、だ。それを王族に向けさせる。そしてその中の誰かが雇った殺し屋に、王族は全員命を奪われて終わる」

『国そのものが滅びますわよ!?』

なんて大それた計画を!!

いえそれ以前に、いったいいつからそんな計画を!?

「そちらの手配は、すぐにいたしましょうか?」

「いや。今探られたら困る。俺が屋敷に戻ってから手配しても、アプリストス家の血を根絶やしにするまでには時間があるだろう」

「地方から第一王子派の貴族が戻ってまいりますので、急がれた方がよろしいかと」

「それまでには間に合う。何と言っても、間抜けな貴族たちが情報を多く残してくれているからな」

『宮中伯として取り締まってきた今までの資料を、悪用する気ですわね?』

この方のお仕事の一つに、城内における貴族による犯罪の取り締まりがありましたわ。

なるほど。だから、他の方に割り振らなかったのですね。怪しい会話をしている貴族たちに声をかけていたのも、そのためだったのでしょう。

初対面の時にはてっきり真面目にお仕事をされている方なのだと思って、わたくし応援までしてしまいましたもの。よーっく覚えておりますわ。

「明日には文書《これ》と、今までの悪事を暴いた資料を持って登城する。しばらくは帰らないかもしれないが、後は頼んだ」

「承知いたしました。お気をつけて」

軟禁生活になる可能性は、既に視野に入れているということですわね。

となれば。

『それを逆手に取ってしまえばいいのですもの。思う存分、利用させていただきますわね』

バッタール宮中伯を軟禁中に、お屋敷の捜索をするようリヒト様に進言いたしましょう。おそらくこれに関しては、どの貴族からも反対意見は出ないでしょうから。

お二人が書斎から出て行くのを見届けて、わたくしは急いでお城へと飛んで戻るのです。

これだけ情報が得られたら十分ですし、何より明日には事態が急変してしまうのですもの。その前に対策を考えなくてはいけませんものね。

『待っていてくださいませ！　リヒト様に必要な情報を今、わたくしが持ち帰りますわ！』

カーマ様では手に入れられない情報を‼

けれど正直なところ、どうしてバッタール宮中伯が、しかもいつ頃からそんなことを計画していたのかは、分からないままなのですけれどね。

それはまぁ、バッタール宮中伯を軟禁した後にでも問い詰めていただくとして。

まずはリヒト様のお部屋に直行なのです‼

『リヒトさ――』

あら、真っ暗ですわ。

考えてみればそうですわよね。この時間はまだ、お食事や湯あみの時間ですもの。

『わたくしとしたことが、恥ずかしいですわ』

誰も見ていないのに、つい両手で顔を覆ってしまいます。

もう本当に、肉体があったらきっと顔が真っ赤になっているところですわね。お恥ずかしい。

『もうもうっ、本当に――』

「トリア……？」

『っ!!』

聞こえてきた声に驚いてつい振り返ってしまったわたくしを、扉を開けたまま少し驚いたように見上げていたのは。

数日ぶりにお会いする、リヒト様。

『リヒト様……！』

「戻って、いたのか……」

『はい、リヒト様。お約束、しましたから。ちゃんと戻ってまいりましたよ？』

「あぁ……あぁ、トリア。……お帰り」

扉を閉めて、ゆっくりとこちらに向かってくるリヒト様は。

ふんわりと、それはそれは美しく微笑んで。

両手を、広げていらっしゃるのですもの。

『リヒト様……。はい。ただいま、戻りました』

まるで吸い寄せられるように、当然のように。

わたくしはその触れられないはずの腕の中に、透ける体でそっと寄り添ったのです。

◇
◆
◇
◆

触れたい。

そう思っても、決して彼女には触れられない。

この手も体も、全てすり抜けてしまうから。

彼女が、生身の人間であったらよかったのに。

彼女が、生きていてくれればよかったのに。

死んでしまった相手に、こんな気持ちを抱くなど。

先が何もないのを分かっているのに、どうしても諦めきれない。

だから。

そう思って半ば諦めていた私に、その話がもたらされた時には。

生まれて初めて、世界のすべてに感謝したいと本気で思った。

「リヒト様ー！」

「カーマか。どうした、妙に機嫌がいいな」

「あ、分かりますー？」

トリアを見送った翌日。

ノックもなしに扉を開けて入ってきた腹心の部下は、扉が閉まる直前まで誰が見ても分かるほどの笑顔だったというのに。

「朗報ですよ、リヒト様」

勢いよく開いた扉が閉まる音が聞こえたのと同時にその表情を引き締めて、私になにがしかを差し出してきた。

相変わらず、その変わり身の早さは見事だと思う。

「何かあったのか？」

「アルージエ辺境伯が、現在王都に滞在中のようです」

「何だと!?」

アルージエ家は代々、最も危険とされる地を守り続ける王国最強の一族だ。

歴史上幾度となく他国に攻め入られながらも、その私兵たちだけで敵を食い止めた猛者揃いだと伝え聞いている。特に代々の当主の強さは桁違いだとも言われているのだ。

そんな王国の剣でもあり盾でもある彼が、なぜこのタイミングで王都へ？

「どうやら未だに婚約相手が見つからないリヒト様に、丁度年頃の合うご令嬢がいらっしゃるからとのことで」

「私相手に見合い話か？　あの、権力に最も興味がない一族が？」

何せ辺境伯という地位も、王族が強制的に与えたような物らしいからな。そうでもしないと、受け取らなかったらしい。

「おそらくはただの口実かと。大勢が見ている前で渡されたからと、モートゥ侯爵から絵姿を預かってまいりました」

「大勢が見ている前で渡されたから、か。なるほど、それならモートゥ侯爵も仕方なく受け取るしかない、というわけだ。考えたな」

「城内ではその噂が瞬く間に広がっていますからね。アルージエ辺境伯も、なかなかの切れ者かと」

「そうでなければ、常に国を防衛し続けることなど不可能だろうな」

豊かな土地だが平坦であるために、他の辺境地と違って自然の守りが一切存在しないのがアルージエ領の特徴だ。つまり防戦一方になる戦いにおいて、知略に優れていなければ容易に戦線が崩れてしまうのだから、当然当主は膨大な知識を蓄えているのだろう。

だからこそ今までは王都に近づけさせないようにと、他の貴族たちが画策していたようだが。

それがなぜ今？　しかも見合い話など、いったいどうして？

「……それで？」

「中は見ておりません。本当に絵姿なのかどうかも、私には確証が持てませんでしたので」

「賢明な判断だな」

もしも中身が密書なのだとすれば、誰かに見られてしまうと困る。開かないのが正解だろう。

そう思いながら、受け取った中身を確認して――

「ッ⁉」

まず飛び込んできたその絵姿に、私は驚きのあまり固まってしまった。

緩いウェーブのかかった長い金の髪に、珍しい紫の瞳。

下の方に書かれた名前は、ヴィクトリア。

穏やかに微笑みながらこちらを見ているその表情こそ、普段私が目にしているのとは別物だが。

だが、しかし……これは、間違いなく。

「リヒト様？　如何《いかが》なされました？」

victoria

「……いや。まさか、本当に絵姿だったとは……」

しかも、トリアにそっくりな令嬢の。

「ちなみに、彼女も一緒に王都へ来ているのか？」

「おそらくは。あぁ、それと。アルージエ辺境伯より、裏があるかもしれないのでお気を付けください、とのことです」

「裏？」

あまりの衝撃に取り乱しそうになったが、今はまだ平静を装っておくべきだろう。

正直、今すぐにでもこの絵姿の令嬢がどうしているのかを知りたいところではあるが。

「モートゥ侯爵も、それだけを伝えられて何のことかさっぱり分からなかったそうです」

「確かに、そうだが……」

裏、とは。一体誰の？

今回アルージエ辺境伯を王都にでも呼びだした誰かの？　いやだが、私はそれが誰なのかを知らない。

となると、だ。

「絵姿の裏、か？」

キャンバスに小さく描かれた絵姿の布を別の紙に貼りつけることで、最近の見合い用の絵姿は持ち運びやすくなっている。しかも絵姿を見られないように、製本の要領で外側に表紙までつけているのだ。

つまり、その表紙を取り外すことができてしまう。

「カーマ」

「お任せください」

この考えが間違っていたとしても、私は一度どうにかしてアルージエ辺境伯に連絡を取らなければならない。

彼の娘こそトリアかもしれないと、そう疑問を抱いてしまった以上は。

だがまさか、カーマが持ってきた絵姿の貼り付けられていた紙に。その見えないようにされていた裏側に。

さらに衝撃的な内容が書かれているなどとは、この時の私は想像もしていなかったのだ。

6．絵姿の主

「それで、収穫はあったのかな？」

『ありましたわ！　むしろ大収穫でしたの！』

普段のようにリヒト様がランプをテーブルに置くのと同時に、わたくしにそう問いかけられたので。そこからはこの目で見てきた事実を、ただただお伝えしましたわ！

興奮気味に早口でお話をしてしまった自覚はありますけれど、そこは許していただきたいところですわね。

ただ結局のところ、本当の目的とその動機は分かりませんでしたけれども。

「明日、か。随分と急だな」

『ジェロシーア様がどなたかにお伝えしてしまう前に、との事でしたわ』

「それが賢明だろうな。あとから見つかったら、それこそ共犯だと思われる」

バッタール宮中伯の行動には頷きながらも、まだ何か難しそうな顔をして考え込まれているリヒト様。

やはり、急すぎるのでしょうか？

「これは……私に運が向いてきたか？」

あら？　そうでもないのでしょうかね？

『どういたしましょう？』

「明日まで私は何もしない方がいいだろうな。おそらくバッタール宮中伯による告発のおかげで、第二王妃は捕らえられて身分を剝奪される。加担していたアプリストス侯爵も同じく。フォンセはよくて軟禁だろうが、身分は剝奪されるだろうな」

『つまり、実質的に王族は両陛下とリヒト様のお三方のみになるということですのね？』

「そういうことだ。それに付随して貴族たちも大勢捕らえることになるだろうから、そこまで来てようやく私も動けるようになる」

『まぁ！』

それはかなりの朗報ではありませんか⁉

これでようやく。本当にようやく、リヒト様が正しく評価されるのですね！

「だがまずは明日、バッタール宮中伯の謁見の最中にでも、彼を逃がさないように報告しないといけないな」

『けれど急な告発ですわ。おそらく陛下のお側にいらっしゃるという第二王妃派の方々が、簡単には帰さないよう指示を出すのではありませんか？』

「いや、そこは知られないように手紙だけを読ませるつもりだろう。だからこそ、何とか手を打たないとな」

つまり、第一王子派と陛下の手にしか手紙が渡らないようにする、と。確かにバッタール宮中伯でしたら、出来なくはないのかもしれませんわね。

「仕方がない。奥の手を使うか」

『奥の手？』

「あぁ。こんな時のために、色々と仕込んであるんだ。何よりこれで最後なら、使わない手はない」

そうでしょうけれども……。

一体リヒト様が仰る奥の手とは、何なのでしょう？　気にはなりますが……。

『そのお顔は、教えてはくださらないということですわね？』

「当然だ。奥の手だからな」

少し悪い顔をしていらっしゃるので、そんな予感はしておりましたよ。ええ。

わたくし、幽霊ですのに。誰にも言いませんのに。こういう時は、意地悪なリヒト様ですの。

「まぁ、そこは明日カーマが来てから話すとして、だ。トリア」

『はい、何でしょう？』

「君に明日、見てもらいたい絵姿がある」

『絵姿、ですか？』

それはまた唐突ですわね？

けれど本当に、一体どうして急に絵姿など——

「もしかしたら、君はまだ生きているかもしれないよ？　トリア」

『…………え……？』

どこか嬉しそうな優しい表情をして、リヒト様が口にされたそのお言葉は。

わたくしには数秒間、理解できないものだったのです。


翌日。リヒト様はカーマ様が来るなり、ほんの僅かな説明と共に用意していた一通のお手紙を持たせて。

「いいか、カーマ。これが最後になる。失敗は許されない」

「お任せください、リヒト様。全てはこの日のために、あのお方もこれまで過ごされてきたのですから」

「そうだな」

「では、行ってまいります」

「あぁ、頼んだ」

そんな短い会話だけを交わしていたのです。

結局お手紙をお渡しする相手がどなたなのか、わたくしは最後まで分かりませんでしたわ。いつか種明かししてくださるのかしら？

「トリア」

『はい』

なんだか少し疎外感を覚えていたら、急に真剣な顔をしてリヒト様がわたくしを呼ぶので、思わずこちらも背筋が伸びてしまいましたわ。

「これが、昨日言っていた絵姿だ」

そう言いながら執務机の引き出しからリヒト様が取り出した絵姿には、金の髪と紫の瞳の女性が描かれていました。

明らかに、お見合い用、ですわね。

酷いですわ、リヒト様。第一王子であるご自身の元に届いた、どこのどなたなのかも分からない婚約者候補の絵姿をわたくしに見せるなんて。

それとも、この方を探ってくればよろしいのかしら？

「もしかしたらこの絵姿の人物が……トリア、君自身かもしれない」

なんですの？　婚約者候補の筆頭だったりしますの――

『……はい？　今、なんと？』

「この絵姿の令嬢と、私に見えているトリアの姿はそっくりなんだ。しかもこの絵姿の裏に、アルージエ辺境伯からの書状があった」

リヒト様が絵姿を裏返して見せて下さったそこには、確かにびっしりと書き込まれた固い筆跡の文字。

それを読み進めてみると、バッタール宮中伯が怪しいと思っていること、そのバッタール宮中伯に第一王子の婚約者候補として娘の名前があげられたこと、そのために先に娘を王都に向かわせたこと。そして、その娘が王都に着く直前に事故で頭を強く打ち、今もまだ意識が戻っていないことが書かれておりました。

『この、意識が戻らないアルージエ辺境伯のご令嬢が、わたくしだと？』

「実際にこの目で確かめたわけではないから確証はない。ただ、絵姿が君にそっくりなことと……君が私の部屋に現れた日が、ちょうどアルージエ辺境伯の令嬢が王都にある屋敷に運び込まれた日と同じだったんだ」

偶然として片づけるには、あまりにも出来すぎている、と。リヒト様はそうおっしゃられるのですが……。

「何か、思い出さないか？」

『………分かりません。何も……分からないんです……』

わたくしは、自分が幽霊になってリヒト様のお部屋にいた時からの記憶しか持ち合わせておりませんもの。

その前の記憶も、自分が何者なのかも、そして今の見た目も全て、未だに分からないまま。ただ幽霊の体でふわふわと宙に浮いているだけの存在。

「それなら今度、直接会いに行ってみよう。今日第二王妃とアプリストス侯爵が捕らえられれば、私ももっと身軽に動けるようになる。アルージエ辺境伯とも簡単に連絡が取れるようになるさ」

優しく微笑むリヒト様が「ね？」と小さく首を傾げるので。わたくしはただ無言でそれに頷くしかなかったのです。

せっかくのリヒト様の流れる髪が光に透ける絵画のように美しい一瞬も、今はわたくしの心を癒してはくれない。

『ヴィクトリア・アルージエ……』

書かれていた名前を口に出してみても、何一つしっくりとは来ないのです。

いっそリヒト様から頂いた、リヒト様が呼んでくださる「トリア」という愛称の方が、よっぽどわたくしに馴染んでいるのですから。

「急がなくていいし、焦らなくていいよ、トリア。むしろ今日からしばらくは忙しくなるからね？」

『そう、ですわね』

リヒト様の宣言通り、この日の午後から城内は慌ただしくなってしまうのですが。

それでもわたくしの心の中のどこかには、必ずこの絵姿のことが引っかかってしまっていて。どこか、集中できていなかったような気がいたします。


驚くほどの速さで、ジェロシーア様とアプリストス侯爵が罪人として捕縛され。さらには罪人の子として、フォンセ様が城内の一室に軟禁されてから、僅か一週間でジェロシーア様とアプリストス侯爵一家の処刑が決定されました。

フォンセ様はリヒト様へ直接的に危害を加えてはいらっしゃらなかったので処刑だけは免れたのですが、それでも貴族たちへの様々な仕打ちの数々は到底許されるものではなく。身分を剝奪の上で国外追放という、ご本人にとってはかなりつらい罰が下されたのです。

そうして、それぞれへの刑がついに本日、執行されることになっているのですが――

『地方から次々にお戻りになっている貴族の皆様方は、本当にお仕事が早い方々ばかりですわね』

まず最初にリヒト様の執務室の変更とお引越し、それから正式な王太子としての発表、さらには民に重くのしかかっていた税の軽減など。全てが同時進行で行われていたのです。

その上で刑の執行の準備に、国中へ事の顚末の伝達。

『これで民の怒りの矛先は全て、アプリストス家に向けられましたし。貴族だけではなく王族まで被害者として民へ伝えるあたり、やり手ばかりで恐ろしいですわね』

これでもまだ地方からお戻りになった方は半分ほどだというのですから、確かにこれでは色々と回らなくなるはずです。

ただ今回は前触れもなく突然地方に飛ばされた前回とは違い、常に連絡を取り合い連携を取っていたとの事ですから。勢力図はあっという間に逆転してしまいました。

今や第二王妃派や第二王子派だった貴族たちは、随分と肩身の狭い思いをしているようですが、今まで民を苦しめ甘い汁を吸ってきたのですし、その分の報いは受けて当然ですわね。

『それにしても、斬首刑だからわたくしだけお留守番、なんて。あんまりですわ、リヒト様』

いいえ、確かに人様の首が落ちるところなど、直接この目で見たいとは思いませんけれども。

あぁちなみに、物凄く暴れたそうですわ。お三方とも。

フォンセ様は軟禁でしたけれど、今までとは全く違う生活ですものね。今後はさらに酷くなることでしょうし。

『耐えられるのでしょうか？　あの我儘な王族育ちのお方が』

ただ今日の母親と祖父の刑の執行には、立ち会わせるのだとか。ご自分たちがしてきたことの責任の重さを、その現実をその目でしっかりと確認させるためらしいのですが……。

正直、泣き喚くだけで終わると思いますわ。自覚の有無以前に、そういった育て方をされていないのでしょうし。

しかもそのまま馬車に乗せて、国境を越えた辺りで放り出してくるのだとか。

そのお話を聞いた時に、今までどれだけ皆様がつらい思いに耐えながら日々を過ごされてきたのかと、つい遠い目をしてしまいましたもの。

重犯罪者の血縁とはいえ、まさか元王族を放り出す、なんて。そんなお言葉が当たり前のように皆様の口から出てきたのですもの。遠い目もしたくなりますわ。

『けれど……まだバッタール宮中伯は軟禁中なのですよね。今日の処刑には立ち会う予定との事でしたが……』

リヒト様暗殺計画に関わった貴族たちのリストが、バッタール宮中伯の執務室から見つかったとの事で。本当に関係がなかったのかを、現在も取り調べ中なのです。

ご本人曰く、怪しいと思われる人物と明らかに問題を起こした人物をリストアップしていただけの代物、との事なのですけれど。

それよりもわたくしとしては、そんなものをバッタール宮中伯がしかも執務室に残していたことの方に違和感を覚えますわ。

『あのバッタール宮中伯が、そんなミスを犯すでしょうか？』

むしろどなたかが、捨てられたはずのリストを拾ってきたのではないかと。わたくしはそう予想しているのですが、果たして真実は如何なるものなのでしょうね？

そんな風に一人、部屋の中で様々なことを考えていると。

『リヒト様……』

突然外から聞こえて来た大歓声に、まさに今刑が執行されたのだと理解いたしました。果たしてあの方の胸中は、晴れやかなものになっていらっしゃるのでしょうか？

それに……。

『本来の正しい在り方だと、分かってはいるのです。けれどやはり、寂しいものですわね』

王位継承権を持つ唯一の王族であり、第一王子として正しい人数の従者を連れていらっしゃるリヒト様は、それはそれは大変ご立派なのですが。

代わりに気軽にわたくしが話しかけることができなくなってしまったのです。

『やはり、幽霊では駄目ですね。生身の人間でないと……』

朝と夜のリヒト様の私室で二人きりの時だけが、わたくしがリヒト様とお話出来る数少ない時間なのです。

それがわたくしには、とても……。

『とーっても寂しいですわ、リヒト様』

もしかしたらもう、わたくしの役目はそろそろ終わりなのかもしれない、と。最近ではそう、思い始めていたりもするのです。


「トリア、アルージエ辺境伯と連絡がついた。明日、会いに行こう」

『明日、ですか？　また急ですわね』

「バッタール宮中伯の件がある以上、早い方がいいだろうとの事で話がついたんだ。ヴィクトリア嬢とは、流石に私は会えないが」

そんな悲しそうな顔をしないでくださいませ。

けれど確かに、いつまでもリストの件だけでバッタール宮中伯を城内に軟禁は出来ませんものね。特にアプリストス一門の処罰が終わった今ならばなおさら。

「私と伯が話している間に、トリアはヴィクトリア嬢に会いに行ってみればいい」

『わたくしがわたくしに、ですか？』

いえ、まだわたくしの体だと決まったわけではありませんが。

「何か思い出せるかもしれないし、思い出せなくてもきっかけの一つにはなるかもしれない」

『そう、ですわね……。分かりましたわ！　わたくしに会いに行きましょう！』

そうは言っても、広いお屋敷の中を闇雲に探すというのも大変ですからね。ある程度の目星はつけたいので、当日はリヒト様が少しだけ会話を誘導してくださるそうですが。

正直どんなお話をされるのかも、気になるところではあるのです。

そもそも絵姿の後ろに書かれていた内容からしても、アルージエ辺境伯はバッタール宮中伯が怪しいと考えていらしたわけですものね？　その理由も、お聞きしてみたいのです。

なのでリヒト様にそれをお伝えして、後ほど色々と教えていただけるようお願いを――

「トリア？　なにか変なことを考えていないか？」

『まぁ！　リヒト様酷いですわ！　わたくしはただ、アルージエ辺境伯に色々とお聞きしてみたい事があるなと考えていただけですのに！』

「君が一人静かに考え事をした後に、突拍子もない発言を次々とするからだろう？」

『突拍子もない発言？　わたくし今まで、そんな奇天烈《きてれつ》なことを申し上げましたか？？』

「自覚がないのか⁉」

覚えがありませんわね。やはり幽霊と生身の人間とでは、少しばかり発想が違うのでしょうか？

確かに壁をすり抜けたり勝手にお宅へお邪魔したりというのは、幽霊でなければできませんし思いつきもしませんでしょうけれども。

「まぁ、いい。トリアが伯に聞きたいことは後で色々とまとめてみるとして、君の当面の目標はヴィクトリア嬢に会いに行くこと。いいね？」

『承知いたしましたわ、リヒト様』

けれどなんやかんやで、最後にはリヒト様が必ずこうしてわたくしの発言を否定せずにいてくださるおかげで、わたくし自身も自由な発想ができているのです。

本当に、柔軟で優しいお方なのです。リヒト様は。

『わたくし、リヒト様が次期国王陛下であることを嬉しく思いますわ』

「なんだ？　どうした、急に」

『今しみじみと、そう思っておりますの。間違ってもフォンセ様が国王になるなどという恐ろしい事態を実現させてはならないと、大勢の方が尽力されたのでしょうね』

「それは、まぁ……そう、だろうな。国が終わるからな、フォンセが王になれば」

比喩ではなく、本当に国の崩壊を迎えていたことでしょう。そうなれば地図上からも消えてしまっていたかもしれません。

今はもう世界のどこにいらっしゃるのかも分からない、半分だけ血の繋がったリヒト様の唯一の弟。そういえば側近の方も一緒に追放されたそうですが、今も彼がフォンセ様の面倒を見ていらっしゃるのでしょうか？　それとも早くに見切りをつけて、一人でいずこかへ行かれてしまわれたのか。いずれにせよ、わたくしがそれを知ることはもうないでしょう。

「トリア。もし何かを思い出したら、私にそれを話せるようなら。その時には、色々と教えてくれるか？」

『ふふ。もちろんですわ、リヒト様。わたくしリヒト様に隠し事なんて、するつもりありませんもの』

この恋心すら、リヒト様はご存じなのですから。

もうこれ以上に、わたくしは何を隠すというのでしょう。

ねぇ？　リヒト様。


そうして迎えた当日。丁重なお出迎えと共に案内された応接室の中で、屈強だけれど品がある男性が一人、わたくしたちを待ち構えておりました。

正確にはリヒト様を、ですが。

「ようこそお越しくださいました、リヒト王子。お呼び立てして申し訳ございません」

「いいや。落ち着いてきたとはいえ、まだ城の中はどこに敵がいるか分からないからな。私が出向いた方が安全だ」

「そう言っていただけますと、幸甚《こうじん》に存じます」

「そこまで堅苦しくならなくていい。むしろ今日は、他では出来ないような話をしに来たんだ。アルージジエ辺境伯も、普段通りにしてもらえると助かる」

なるほど。ウェーブがかった金の髪に、薄いブルーグレーの瞳のこの屈強な男性こそが、やはりアルージジエ辺境伯でしたか。

その体格と地位に負けず劣らずな鋭い眼光が、ほんの一瞬だけリヒト様を睨むかのように向けられましたけれど。驚くことに次の瞬間には目元を緩められて、アルージジエ辺境伯は豪快に笑いだされたのです。

「はっはっはっ！　流石、リヒト様ですな！　いやはや、トワール様とリアン様の良いところをしっかりと受け継いでおられる!!」

……………どなたのことでしょうか？

いいえ、おそらくはリヒト様のご両親なのでしょうけれども。それはつまり、両陛下ということになりまして、ですね……。

「伯は、両親と親しいのですか？」

「これでもアルージエの名を継いでおりますからな。代々王族の方々と親しくさせていただいておりますよ」

お顔もお名前も知らないままでは、有事の際に守り切れませんものね。

辺境伯とは、普段は他国からの侵入や侵略を食い止める任務を負った方々のことですが、内乱などが起きた場合には、王族の方を匿い逃がす役割も果たすのですから。

（……あら？　わたくし、なんでそんなことを知っているのでしょうか？）

これは、本で読んだような気がいたしませんわね。

リヒト様がおっしゃる通り、本当にアルージエ辺境伯のご令嬢がわたくし自身なのだとすれば。確かに知っていてもおかしくはない情報かもしれませんが。

「つまりバッタール宮中伯の方から、ヴィクトリア嬢と共に私の婚約者候補とその保護者として王都へと来ないかと誘われたと？」

「そうです。けれどあまりにも怪しすぎるからと、ヴィクトリアが時期をずらして王都へ向かおうと提案しまして……」

あら、いけませんわ。考え事をしている間に、色々とお二人のお話が進んでいますわね。

「それで、先に向かったヴィクトリア嬢が……」

「はい。王都に入る手前、あと一歩というところで馬車ごと事故に遭いまして」

そう痛ましそうな表情をしてお話をしてくださるアルージエ辺境伯は、そっと上を向かれて。あの気遣わしげな視線の先には、おそらくそのご令嬢がいらっしゃるのでしょう。

つまり、わたくしが向かうべき場所。

「ヴィクトリアは、時折妙に勘が鋭いところがありましたので。つい外からの敵を警戒していたら、この有り様です」

「伯が悪いわけではない。何より王都に近い場所での事故などもっと大事《おおごと》になるはずが、私に報告すら上がってきていなかった。明らかに意図的だろう」

リヒト様は労わるような言葉をかけながら、目線だけはほんの一瞬わたくしへと向けられて。僅かに、頷かれたのです。

もちろんですわ、リヒト様。わたくし、自分が何をすべきなのか理解しておりますもの。

『行ってまいりますわ！』

だからこそ、わたくしもその視線に大きく頷いて。先ほどアルージエ辺境伯が向けられていた視線の先に、文字通り飛んでいくのです。

天井をすり抜け、壁をすり抜け、真っ直ぐに向かったその先にいたのは。

『これがわたくし、なのですか？』

女性らしい部屋の中、天蓋付きのベッドの上で眠る、一人の令嬢。緩いウェーブのかかった長く豊かな金の髪は、きっとアルージエ辺境伯から受け継いだのでしょう。

見たところ、大きな怪我はなさそうですが……。

『目覚めていないのは、わたくしが……魂が、体から離れてしまっているからなのでしょうか？』

触れようとしてみても、やはり触れられないその体は。規則正しい呼吸で、本当にただ眠っているだけのように見えるのですが。

『なぜ、でしょう……？』

この僅かに焦燥に駆られるような、心の内は。

なぜ、どこから、湧き上がってくるのか。

『今の、わたくしには……』

何一つ、その理由に辿り着けないのです。


わたくし自身かもしれない体と対面しても、何も得られなかったのですが。あまり長居しても仕方がないと戻ったころには、アルージエ辺境伯とリヒト様の間のお話は全て片付いていらっしゃったようで。

「では、また後日」

「はい。こちらでも準備を進めておきましょう」

「あぁ、頼んだ。色々と」

「承知いたしました」

決意を新たにされたのか、普段以上に凛々しい表情をされているリヒト様は、そのまま玄関ホールまで向かわれるので。

『わたくしも、ご一緒しますわ』

そう告げて。頭上を漂うのではなく、初めてリヒト様の隣に降りて、並んで移動してみたのです。なんとなく、ですが。まるでお一人で死地へと向かわれるかのように見えたので。いえ、今からお城にお帰りになられるだけなのですけれど。

(あぁ、違いますわね。ある意味、リヒト様にとってはあの場所こそが、戦場なのですから)

お住まいでありながら、片時も気を抜けないあそこは。きっとこの方にとっては、戦いの最前線だったのでしょう。

悲しいことに、生まれてからずっと。

「トリア？　珍しいな、君が馬車の中で座っているなんて」

本来であれば側近が座るべき場所には、今は誰もいませんもの。

実はカーマ様が優秀だとご存じなかった何名かの貴族の方々が、もっと有能な人物をリヒト様にとおっしゃったせいで、現在本来の見た目と言動に戻ったカーマ様がその選定を行っている真っ最中なのです。既に前提が破綻した、おかしなお話ではあるのですが。

本当のことを知っていたわたくしは、あの時はつい笑ってしまいましたわ。だっていきなり優秀さを見せつけるカーマ様に、皆さん開いた口が塞がらない状態だったのですもの。

そしてだからこそ情報が漏洩しないようにと、本日の訪問はリヒト様お一人でとなったのです。

まだどこに、誰の息がかかった人物が紛れ込んでいるのか分かりませんからね。全ての人物が白だと確認が取れるまで、カーマ様は見張りの役目を請け負っておられるのです。

そう、だから、なのです。

『たまには生きている人のようなことをしてみたくなったのです』

わたくしは、リヒト様を裏切らない白なのだと。常にお側にいるのだと、せめて示しておきたくて。

「いや、だから。見て来ただろう？　君は生きているんだ」

『けれどわたくし、何一つ思い出せませんでしたわ』

「……そう、か。人の記憶というのは、肉体の方にあるのかもしれないな」

魂に刻まれる、なんて言いますものね。つまり普段は魂に記憶は宿らないのかもしれませんわ。

けれどこの表現の仕方は、まるでそのことを知っているかのようですわね。もしかしたら、昔もわたくしのような体験をした方がいらっしゃったのかもしれませんわ。

だとすれば、もしかしたらわたくしは今この瞬間も覚えていられるのかもしれません。本当に、あれがわたくしであれば、の話ですが。

『それよりも、まだ全てが終わったわけではありませんよね？』

「あぁ。むしろここからが本番だな」

黒幕をどう追い詰めるのか。そしてどう白状させるのか。おそらくはそれらを相談されていたのでしょう。

もしかしたら、その後のことにまで言及していたのかもしれません。

『ところで、アルージエ辺境伯はいつ頃からバッタール宮中伯を怪しんでいらっしゃったのですか？』

「それが驚いたことに、父上が国王になられた祝典で顔を合わせた時にはすでに、違和感を覚えていたらしい」

『国王陛下の……？　え、それはっ……どれだけ昔のお話なのでしょうか⁉』

「そうだな。私も驚いた」

しかもその後、辺境伯としてのお仕事が忙しすぎて王都へと来られなくなったから、真相を探ることはできなかったのだと。そのようにアルージエ辺境伯はおっしゃっていたそうです。

「やはり周りに敵ばかりだと、正確な情報が手に入らないな」

『いえ、リヒト様。今回ばかりは、特殊すぎる案件かと思いますわ』

「そうかな？」

『はい』

そしてリヒト様の生い立ちも、です。

もっと早くそれを知ることができたとしても、なかなかに動くのは難しかったことでしょう。

「まぁ、まだしばらくは忙しいだろうな」

『そうですわね』

けれどこれでようやく、様々なものが終わりへと近づいているのではないのでしょうか。

そう、もしかしたら。わたくしがこうしてリヒト様のお側にいられる時間も。

(終わりへと、近づいているのかもしれませんわね)

確信はありません。

けれどどこか、予感のようなものがあるのです。

きっとこの時間は、間もなく終わってしまうのではないかという、予感が。

「不妊薬に堕胎薬、か。第一王妃である母上に、なんてものを盛っていたのか」

「ですがリヒト様を身籠られた際には王妃陛下の変化に、ご本人含め誰一人気付いていらっしゃらなかったのだとか」

「そのおかげで私はここにいるのだろうが……。兄上か姉上がいたはずだと思うと、怒りや悲しみで何とも言えない気持ちになるな」

「薬の存在を、両陛下はお気付きになられていたそうですから」

「その上で知らないふりをし続けた、ということか。ある意味、お前がやってきたことと同じだな、カーマ」

「陛下の婚約者でいらした頃から、王妃陛下は無能を装って様々な危機を乗り越えてこられたそうですからね。私など、比ではありませんよ」

本来のお姿なのでしょう。カーマ様は今までとは全く違い、しっかりと髪を整えて目元はキリリとしていらっしゃって。まさに、できる側近のお手本のようでした。

そして広くなった執務室の中には、当然のようにカーマ様以外の部下が何人も壁際に控えております。

つまり。

(わたくし、この場では何もできませんわ)

発言すらリヒト様以外の方には意味をなさないのですから、必然的に黙ってしまうというもの。

けれど正直、アプリストス家が行ってきた罪の詳細が明らかになればなるほど、彼らを早めに退場させることができたのは幸運だったのではと思ってしまうのです。

と同時に、その悪辣さに嫌気がさしますけれども。

(自分の娘を第二王妃にするために、その子供を未来の王にするために、第一王妃に毒薬を飲ませ続けるなんて。正気の沙汰とは思えませんわ)

「ただバッタール宮中伯の行動やその動機については、未だ解明できず、か」

「近日中にアルージエ辺境伯が、私兵を連れて家宅捜索を行ってくださるそうですが……」

「どうなるかはまだ分からないな。しかしいい加減、城内の混乱もどうにかしないと何も進まないままだ」

「兵すらまともに動かせない状況ですからね。資料の紛失なども多く、現状の把握に時間がかかっているようです」

「資料の紛失か。それならば話が早い。最初から作成されていなかったということにして、足りない分はもう一度作り直す」

リヒト様、それを手元に持っていた資料を机の上に放り投げながら言うのは、どうかと思いますわ。いえ、お気持ちは十分に分かりますけれども。

おそらく本当に、最初から作成されていなかったのでしょうね。数年分の資料が、しかも近年の物だけをどの部署もごっそり紛失するなど。まず、あり得ませんもの。

「そうおっしゃるだろうと思いまして、既に指示は出してあります」

「で、それに時間を割いている、と。死してなお面倒を残すなど、本当に害悪でしかなかったな」

「アプリスト家に従う貴族たちは、揃いも揃って無能ばかりでしたので」

リヒト様もカーマ様も、本音が駄々洩れになっておりますわよ？　壁際にいる部下たちも、頷いていないで止めてくださいな。

「まずはそこからだ。今日できることは既にない」

「はい。お疲れ様でございました」

カーマ様と同じく、リヒト様も隠していた能力の全てを発揮されているらしく。最近では執務が早く終わってしまうことも多くなりました。

いえ、正確には今しがたリヒト様がおっしゃった通り、できることがなくなってしまっているだけなのですけれども。

（それにしても、次から次へと出てきますわねぇ。問題が山積み過ぎて、本当に皆さま忙しそうですもの）

自室へと戻られるリヒト様の頭上に浮きながら、周りを見回しているのですが。あちらもこちらも、本当に忙しそうで。

きっと今いるのは、仕事のできる方たちばかりなのでしょう。けれどやはり、人数が足りていないようなのです。

（第二王妃派と第二王子派、それにアプリストス侯爵に従っていた貴族たちを政務に関わらせないとなると、人数は限られてしまいますものね）

さらにこれを機に、必要のない貴族は地位を剝奪。領地も財産も没収。

逆に今まで重い税に苦しんでいた領民たちに、様々な物資を支給するなど。

「――した？」

本当に色々と、皆さま頑張っておりましたもの。

「トリア？　どうした？」

忙しすぎて、倒れてしまわれなければ良いのですけれど……。

「トリア‼」

『はい⁉』

いきなり大きな声で名前を呼ばれたので、驚いてしまいましたわ。

『ど、どうされたのですか？』

「どうもこうもない。それは何度呼びかけても返事をもらえなかった私が聞きたい」

『え？』

わたくし、呼ばれていました？

『失礼いたしました。考え事に没頭していて、全く気付いておりませんでしたわ』

「うん、まぁ、そんなことだろうとは思っていたけれど……。流石に虚空を見つめたまま一切返事がなかったら、心配するだろう？」

『まぁまぁ、そんなに心配しなくても大丈夫ですよ。幽霊だって、たまには考え事をするのです』

「君の場合は、正しくは幽霊ではなさそうだがな」

『そう、ですわね』

そうだと、良いのですけれど、ね。

夜、リヒト様が寝静まったころ。窓辺に立って自分の手足を見下ろしてみるというのが、最近のわたくしの日課になっているのです。

(昼間は、大丈夫だとお伝えしましたけれど……)

例えば、普段は見えないスカートの中の足先だとか。

例えば、最近は常に後ろに隠している指先だとか。

そういった、ところが。

『徐々に、透けてきているように見えますわ』

本当にわたくしがアルージエ辺境伯の娘だったとしても。果たしてこの変化は、どういった結末を迎えるものなのか。

消滅か、それとも……。

『目覚めが、近いのだと……。前向きに、捉えるべきなのでしょうね』

そうであれば、良いのに、と。思ってしまうわたくしは、実はリヒト様のお傍を離れている時に、聞いてしまったのです。

これでようやく、第一王子に婚約者ができるだろう、と。

そう話していたのは、通りすがりのお名前も存じ上げない貴族の方々でしたけれども。そのお顔は晴れやかで、とても嬉しそうでしたわ。

(当然ですわね。唯一の王位継承権を持つ王子の慶事《けいじ》は、国を挙げてのお祝い事ですもの)

けれどその候補に、わたくしは入ってすらいないのでしょう。

だってわたくしは、幽霊令嬢。たとえ本当にアルージエ辺境伯の娘だったとしても、王族に嫁げる状況かどうかも定かではありませんもの。情勢的にも、身体的にも。

(嫌な女……いえ、嫌な幽霊ですわね。国の慶事を、リヒト様の婚約を喜べない、だなんて)

いっそのことリヒト様の婚約が決まってしまう前に、消えてしまいたいとさえ思ってしまうほどに。

『重症ですわね、わたくしも』

こうしてお傍にいられるのは、わたくしが幽霊だから、ですのに。今はそれが、とても悲しくて悔しくて。

けれど誰かを呪いたいとは思わないのです。そんな力もありませんけれども。

『リヒト様……』

もしもある日突然わたくしが消えていたら、悲しんでいただけますか？

いいえ、悲しんではくださるのでしょう。前にお約束した通り、探してもくださるのでしょう。

それならば本当に、アルージエ辺境伯の娘であったらいいのに。そうすれば、目覚めてすぐリヒト様にお会いできるのですから。

(けれど)

もしもそうでなかった場合には？　本当に、既に死した身なのだとしたら？

その時には、どうなるのでしょうね。リヒト様がご存命のうちに出会えるのか、それとももっと先の、リヒト様がリヒト様でなくなってしまってからになるのか。

ただ、どちらだったとしても。

『わたくしは、もうお傍にはいられませんわね』

笑おうとして歪んでしまった表情は、窓のガラスには決して映りませんけれど。きっとどなたにも見せられないようなものだったことでしょう。

ましてやリヒト様になど、決して見られたくないような。

『……いいえ。今から悩んでいても仕方がありませんわ』

どのような形になったとしても、なるようにしかならないのですから。

様々な企みが終わりを迎え、最後の大きな仕上げを残すのみとなっているのです。全ての歯車は既に、正しくかみ合った状態で回り始めているのですから。

『わたくしはわたくしにできることを、最後までやり切るだけですわ』

アルージエ辺境伯が私兵を連れてバッタール宮中伯邸に乗り込むのは、明日の朝一番だと聞き及んでおりますもの。きっとそこからは、怒涛の展開となることでしょう。

そこにまだ、わたくしが存在していられるのか。リヒト様のお傍にいられるのかは、今はまだ分かりませんけれど。

それでもこうしていられる時間が終わってしまう、その最後の最後まで。幽霊のわたくしが消えてしまうその瞬間までは、ずっとリヒト様のお傍にいたいのです。

『幽霊でも、恋の一つくらいするものですわ』

それを証明した初めての存在が、わたくしかもしれませんわね。

「証拠品の押収、完了いたしました！」

「事前にあった情報の証言者は？」

「アプリストス家に擦り寄っていた貴族たちは全員捕らえました！　いつでも尋問を行えます！」

「そうか。よくやった」

突然の出来事に何一つ対応できなかったバッタール邸の使用人たちは、アルージエ辺境伯の突入と共に一人残らず捕らえられました。当然、あの家令も例外ではなく。

そして何より、わたくしの目の前にはあの見覚えのある金の仮面と銀の仮面。これも隠し部屋が暴かれ、持ち出された証拠品なのです。

「これでようやく、全てを白日の下に晒せますね」

「気を抜くなよ、カーマ。本当に忙しくなるのはここからだ」

「はい、リヒト様」

けれどカーマ様のおっしゃる通り、これでようやく全てが終わるのです。

『圧政はすべての王族が望んだものではないことを知り、重い税だけではなく不安からも民たちは解放されるのですもの。後に記念日になりますわね、きっと』

今はまだ、この慌ただしさに驚いているだけなのかもしれませんけれど。この先にあるのは、ようやく摑んだ本当の自由ですわ。

リヒト様が本格的に施政に関わるようになれば、今までの在り方をさらに良き方へと変えていかれることでしょう。

けれどその前にまず、やらなければならないことがあるのです。

「これで、終わると良いんだが」

『終わりますわ！　ですからリヒト様、最後の舞台を整えましょう！』

「……そう、だな」

「リヒト様？　どうかされましたか？」

「いいや、何でもない」

あら、いけませんわね。ついつい興奮して話しかけてしまいましたわ。

気を付けないと、リヒト様が延々独り言を仰ってるように見えてしまいますもの。それだけは避けなければなりませんわね。

「それよりも、動機は分かったのか？」

「本人は容疑を否認している状態ですので、そこはまだ何とも……」

「そうか」

「ただアプリストス家に対して並々ならぬ憎悪を、屋敷にいた使用人たちは持っていたようです」

「……案外アロガン・アプリストスが、ラウ・バッタールの妻や両親を夜会で襲って亡き者にした真犯人、だったのかもしれないな」

「その疑いも含めて、現在調査中です」

……真犯人？

いえ、それよりも。バッタール宮中伯の夫人とご両親は、亡くなられていたのですか？

しかも、夜会で襲われたということは……。

(有名なお話、なのかもしれませんわね)

何よりも納得がいきますもの。

バッタール邸に存在していない夫人。使われることのない化粧道具にドレス。

そして何よりも、足りない人手に家具に布がかけられた部屋の数々。

(けれど、それはいったいどれほど前のことなのでしょうか?)

アプリストス侯爵とバッタール宮中伯のやり取りからして、あまり仲がよろしくないのではと思ってはおりましたけれど。もしも本当に、そんな因縁があるのだとすれば。

(確かにどんな手を使ったとしても、破滅へと追い込みたくなるでしょうね)

ただそこに王家が関わってくる理由が、今度は分かりませんけれど。

それとも真犯人を見つけられなかったことに対する怒り、なのでしょうか?

いずれにしてもお子様もいらっしゃらないようですし、きっと長い年月をかけての計画だったのでしょうね。

『復讐、ですか……』

それただ一つのために、あの方は生きてこられたのでしょうか? そしてまた、数少ない使用人たちも。

彼らはきっと、同じ目標を持って生きてきたのでしょう。来るべきいつの日にか備えて、その復讐心を忘れないように。

だからこそ、その思いを同じくする少数の者達だけが屋敷を支えていた。

(あぁ……お庭が荒れていたのは、きっとそこに思い出がなかったからなのでしょうね)

そう考えると、もしかしたらバッタール宮中伯はとても愛情深い方だったのかもしれません。

それがどうして、こうなってしまわれたのか。

（けれど、時は戻せませんし）

何より罪のないリヒト様に悪意を向けたことが、許されるはずありませんもの。

極刑は、免れませんけれど。

『……可能ならば、その理由もお心の内も、お聞きしてみたいですわ』

つい、独り言が漏れてしまいましたが。それまでわたくしがこの場所にいられるのかどうかも、分かりませんわね。

リヒト様からは決して見えないスカートの中。そこに隠されている脚が以前より更にもっと透けてきていることを知っているのは、わたくしだけなのですから。


「尋問に、立ち会ってみるか？」

『え……？』

夜。お部屋に戻られたリヒト様が眠る直前、わたくしにそう問いかけてこられたのです。

『どうされたのですか？』

「理由を知りたいと、言っていただろう？」

『まぁ！』

聞いてらしたんですの!?

リヒト様からは離れていたので、まさかお耳に届いているとは思ってもみませんでしたわ。

けれど……。

『いいえ、リヒト様』

リヒト様が直接尋問されるのならともかく、別の方によって淡々と進められるだけのそれに立ち会ったところで、あまり意味はないのです。

『わたくしが知りたいのは、もっと根底にあるものなのです。バッタール宮中伯が尋問中に感情的になるようなお方には、思えませんもの』

怒り、憎しみ、悲しみ、絶望。きっとそんな負の感情ばかりが渦巻いているであろうその心を、赤の他人にぶつけるような性格ではないでしょう。

だからこそ、標的を絞っていたのでしょうから。

「確かに、な。ある意味、貴族らしいのかもしれない」

『えぇ、わたくしもそう思いますわ』

バッタール宮中伯は、自らの信念に基づいて行動されていたのですから。

ご自分の感情を全て隠し、けれど裏では手をまわして。着実に堅実に、復讐すべき相手を破滅に追い込んでいたのですもの。

「だが政務はしっかりとこなしていた。優秀では、あったんだが……」

『そこを嘆いていても仕方がありませんわ。それにわたくし、リヒト様に害が及ぶことをよしとする方を許すことはできませんもの』

「そこだ。私が分からないのは、なぜアプリストトス家だけではなく王家まで狙ったのか」

『ご家族が亡くなられたのは、どこの夜会でのことでしたの？』

「王家主催の夜会だが、本当に狙われていたのは当時の国王陛下だったと私は聞いている」

『ということは、逆恨み、でしょうか？』

本来ならば命を落とすはずではなかった家族を奪われたのだという、その憤りを向ける明確な相手として。

「そうかもしれないし、そうではないかもしれない。……正直、父上ですらまだ若い頃の話だから、正確には何も分かっていないんだ」

『それは……ご本人の口から聞きださなくては、理由など分かりようもありませんわね』

「かもしれない」

これればかりは、推測しても仕方のないことですものね。

人の心の内は、誰にも分からないものですわ。

「だが、まぁ……そこは明らかに、するべき、だな……」

『まぁまぁ、リヒト様。無理をして起きている必要はありませんわ。明日以降もまだ忙しいのですから、今日はもうお休みくださぃ』

「あぁ……悪い。流石に、疲れたみたいだ……」

ええ、ええ、そうでしょうとも。あんなにも忙しいのは、バッタール宮中伯がアプリストス家を告発したとき以来ですもの。

いえむしろ、今は直接的に色々と関わるようになった分、以前よりもさらに忙しそうに見えましたわ。

「お休み、トリア。また、明日……」

『ええ、リヒト様。お休みなさいませ』

案の定、眠そうなお声でお話しされていたリヒト様は。僅かな静寂の後、すぐに穏やかな寝息を立てはじめられたのですから。

余程、お疲れだったのでしょうね。

ただ……。

眠るリヒト様のベッドのカーテンは、開かれたまま。ようやく安心して眠れるようになったからこその、うっかりなのでしょう。

そう。安心、できる場所になったのです。

『わたくしはもう、必要ありませんわね』

リヒト様のお話し相手は、大勢いますもの。一日のほんの僅かな時間にしか会話を交わさないような幽霊は、もうお傍にいる意味がないのです。

その、証拠に。

『……消えて、いますわね』

指先が、足が。徐々に徐々に、闇に溶けて消えていっているのです。

僅かに光を残しているようにも見えるのは、わたくしの目の錯覚なのか。どちらが現実なのでしょうか？

『リヒト様……。申し訳ありません、リヒト様。わたくしには、先ほどリヒト様が仰っていたその明日は、もう来ないのです』

けれどきっと、これで良いのです。役目を終えた幽霊は、消えてしまうのが一番ですもの。

本当は、記憶からも消えてしまう方が良いのでしょうけれど。わたくしの心は、リヒト様に覚えていて欲しい、と。そんなことを思ってしまっているのです。

『触れられないのですもの。最後ぐらいは、許してくださいませ』

もう体は腰のあたりまで消えてしまっていますけれど、わたくしにはどうしようもないことですから。

それよりも、最後の最後に。不可能だと理解しているからこそ、叶えられない幽霊の想いを、告げさせてください。

『リヒト様……。お慕いしておりますわ』

さよならのキスを、あなたに。

触れられない唇に、自らのそれを重ねるように。

『さようなら、リヒト様』

最後は笑顔で、お別れいたしましょう？

リヒト様には見えないでしょうけれど、それでもいいのです。

最後の最後、わたくしが光の粒になって消える姿など、知らないままで。

きっとわたくしが消えた後には、本当の静寂だけがリヒト様を包むのでしょうから。

◇◆◇◆

トリアが部屋から出て行くのを見送ってから、アルージエ辺境伯へと改めて向き直った。

今から話すことは彼にとっては荒唐無稽な上に、彼女がいたままでは進められないだろうから。

「時に伯、一つ提案があるんだが」

「はい、何でしょうか？」

「ヴィクトリア嬢が目覚めたら、こう質問してみてくれないか？〝幽霊は鏡に映るのか？触れることは出来るのか？〟と」

「……はい？」

怪訝な顔をしているアルージエ辺境伯の反応は、おそらく正しい。私もいきなりこんなことを言われたら、どうしたのかと思うだろう。

だが今は、時間がない。

「にわかには信じられない話かもしれないが、不思議なことに私はヴィクトリア嬢とそっくりな令嬢の夢を見るんだ」

流石に本当は幽霊になっているとは口にできないので、その辺りはぼかしておこう。

だが彼にとっては相当な衝撃だったのだろう。驚きに見開かれた瞳は、次の瞬間には真っ直ぐにこちらを見ていて。その表情は、真剣そのものだった。

「例えば、どういった夢ですかな？」

「この間は、バッタール邸の執務室の本棚の裏に、隠し部屋があると教えてくれた」

「何と!?」

「そこには定期的に開かれている怪しげな会合を主催している人物の、金の仮面と銀の仮面が置いてあったそうだ」

「隠し部屋の、仮面……」

「伯。もしも本当にそれがあった時には、ヴィクトリア嬢に先ほどの質問を投げかけてみて欲しい」

「それが、本当だとして……。一体どんな答えを、お望みなのですか？」

答えは彼女自身が知っている。

すなわち。

「鏡には映らない。触れることは出来ない。そうよどみなく答えたら、すぐに私に会わせて欲しい」

「それはっ……」

「夢が私一人の妄想でないのならば、私は一度彼女としっかり話すべきなのだ。もちろん、私から出向く」

「いえ、それでしたらどうか娘が登城できるまで回復をしてから――」

「それでは遅い」

冷静に見えるように、焦りを悟らせないように。私はゆっくりと首を振って、それを否定する。

今のままでは、後手後手に回ってしまう。それでは、遅いのだ。

「今の情勢は、私以上に外から見ている伯の方が把握しているはずだ」

「そう、ですが……」

「ヴィクトリア嬢は、私の婚約者候補として王都へと向かったと聞いた」

「確かにそうですが、それはバッタール宮中伯の罠であった可能性が高く……‼」

「だとしても、だ。彼女以上に、この混乱を治めるのに適した人物はいない。残念ながら、有力な令嬢達は既に皆嫁いだ後だ」

私が婚約できないようにと、あの手この手で画策されてきたことが、ここにきて利用できる材料になるとは、私自身も思っていなかったが。

だがこれを逃せば、彼女はきっと手に入らない。それでは、困る。

「立て続けの断罪の後に、国の慶事《けいじ》としたい、と？」

「民たちは不安になってばかりだ。私は王族として、できる限りのことをしたい」

あくまで。あくまで私は、王族としてという姿勢を崩してはいけない。

そうして説得し続けて、トリアが戻ってくるよりも先に何とか彼を頷かせることができたのだが

――

「ん……」

ふっ、と。まるで体が浮上するかのような感覚。

「……あぁ。夢、か」

アルージエ邸へ赴いた日の、二人でのやり取り。

まさか今更あれを夢に見るとは思っていなかったが、今思えばよくあんな事を言い出した私を信じてくれたものだと。アルージエ辺境伯の懐の深さに感謝するとともに、我ながら思い切ったことをしたものだとも思う。

だがそれでも、どうしても諦めたくはなかった。

「トリア……」

こうして話しかければ、返ってくるその声の柔らかさを。

そう、彼女の声の…………

「……トリア？」

おかしい。普段であれば、話しかければすぐに返事をしてくれるはずなのに。

出かけている？　いや、そんなはずはない。無断で出かけないと、以前約束したのだから。

「…………ッ……まさか!?」

嫌な予感に飛び起きて、部屋の中を隅々まで見渡してみても。

どこにも、その姿は見当たらない。

「トリアッ……！　どこだ、トリア……どこ、に……」

いや、どこ、ではない。

きっと、彼女は……。

「ぁッ……」

唐突に突きつけられた現実に、膝から力が抜けてその場に座り込んでしまう。

最近彼女がどこか上の空だったことは気が付いていた。もしかしたら、何か思い悩んでいるのかもしれないと。そう、思ってはいたが。

「まさか……まさか、トリアは、知って……？」

自らが消えてしまうことを、予感していたというのだろうか？

時折妙に勘が鋭いという、ヴィクトリア嬢は。

「……ッ。いや……いいや、大丈夫だ。アルージエ辺境伯とは、もう一つ約束を交わしている」

もしも、ヴィクトリア嬢が目覚めたら。その質問に、答えたら。

その時には時間も場所も関係なく、すぐに私の元へ使いを出してくれ、と。

そして同時に、彼女に何かあった時にも。

「きっと……きっとすぐに、目覚めているはずだ。私の所に、使いを出してくれているはず」

そう、だから。私は普段通りに、何事もなかったかのように朝を迎えて、支度をして——

「リヒト様！　お休みの所失礼いたします！　アルージエ辺境伯より、使者が到着しております！

急ぎの用件とのことですが、いかがいたしますか？」

「っ!!」

やはり、と。思うその一方で、どこかで恐怖は拭えない。

だがこのままでは何も進まないのも理解している。

「……すぐに向かう」

「承知いたしました」

どちらの答えが待っているのかは、最後まで分からない。だが諦めることも、したくはない。

「トリア……」

どちらに転ぼうとも、私は必ずもう一度君に会いに行こう。

それが私たちの間にある、唯一の約束なのだから。

7. 名も無き幽霊令嬢は……

ふっと、意識が浮上するような感覚。

久方ぶりの感覚だと思ってしまうのは、長らく目覚めることができなかったから、なのでしょうね。

「おじょう、さま……？」

「…………アンシー……。よかった、無事だったのね」

首だけを動かして声のした方を見てみれば、事故のあの日一緒に馬車に乗っていた侍女の姿。

危険かもしれないから残りなさいとわたくしが何度言い聞かせても、頑なに首を縦に振らなかったから。やはりあの日、バッタール宮中伯の陰謀に巻き込まれてしまったのですもの。

「よかった、じゃありません!! お嬢様がっ……!! ご無事でなかったのにっ……!!」

「そうでも、ないわ。わたくしはやはり、王都《ここ》に来るべきだったのよ」

あの時を逃せば、きっとリヒト様にはお会いできなかった。

(あぁ、いえ、でも……もしかしたらあれは、長い長い夢だったのかもしれないわ)

わたくしだけの、現実には存在していない記憶。

そう、きっと。あんなことは物語の中でしか起こらないことだもの。夢、だったの。

「他の、みんなは？」

「無事ですよ！ 全員お嬢様の心配をしてます！ 無事に王都に送り届けられなかったと、命を絶とうとした者までいました！」

「あらあら。でもちゃんと、止めてくれたのでしょう？」

「当たり前です‼　お嬢様はそれを望まないでしょうし、除隊も許さないでしょうから‼」

「ふふ、流石ね。ありがとう、アンシー」

「そんなことよりも‼　どこか痛いところはないですか⁉　つらかったりとかしませんか⁉」

「そう、ね。痛いところはないけれど……」

「けれど⁉」

「なんだか、体が重いわ。わたくし、寝すぎてしまったのではなくて？」

「………」

あら？　どうしてそこで黙ってしまうのかしら？

そもそもわたくし、一体どのくらいの間眠っていたのかしらね？

「今はそんなご冗談おっしゃってる場合じゃないんですよ、お嬢様‼　いつも通りで安心しましたけど‼」

「あらあら」

泣き笑いなんて、随分と器用なことが出来るのね。

（それにしても……）

本当にわたくし、ヴィクトリア・アルージエだったのね。記憶もちゃんとあるもの。

本当に、不思議な時間だったわ。まさに夢のような時間は、わたくしという存在を改めて考え直すいい機会だったのね。

「とにかく‼　今すぐ旦那様をお呼びしますから‼」

アンシー、そこは医者ではなくて？

とは思ったけれど、口にする前に彼女は部屋を飛び出してしまう。

「もう少し、落ち着きがあってもいいと思うわ」

それにお父様を呼んでしまったら、大騒ぎになるわ。

カーテンが閉じられている窓から光が漏れていない所を見ると、おそらくまだ、夜中なのではないかしら？

それなら朝になってからでもいいのよ？　なにもゆっくり休んでいるところを起こさなくても――

「ヴィクトリア!!」

「お父様ったら……」

「お嬢様!!」

「お目覚めになられたとお聞きしました!!」

………ちょっと、後ろに部下を引き連れすぎなのではなくて？

仮にも目覚めたばかりの淑女の部屋に、どうしてこんなにも大勢の男性を入れてしまわれるのかしら？　本当にその辺り、お父様は乙女心を理解していらっしゃらないのね。

「皆様!!　お嬢様はお目覚めになられたばかりですから!!　今は旦那様だけにして下さいませ!!」

そしてアンシー、あなたが元凶なのよ？

(全く本当に、我が家は騒がしいわね)

けれどようやく、帰ってきたのだと実感するわ。

「ヴィクトリア、一つだけ先に質問させてくれ」

「はい、なんでしょうか？」

「〝幽霊は鏡に映るのか？　触れることはできるのか？〟」

「…………はい？」

なんでしょう？　その質問は。

幽霊？　それはもちろん……。

「お父様、幽霊は鏡に映りませんし、触れることもできませんわ。それが一体、どうしたというのです？」

「!!」

いえ、そのように驚いた顔をされても、ですね……。

本当に、一体どういう意味がある質問なのか。何一つ、理解できませんわ。


「え、っと……？」

これは、夢かしら？　わたくし、まだ夢の続きでも見ているのでしょうかね？

そうですわね。きっとそうですわ。

だって……。

「見つけたよ、トリア」

「っ!!」

ど……どうしてわたくしの目の前に、リヒト様がいらっしゃるのですか!?

そもそもわたくし、まだベッドから出ていませんのよ!?

お父様⁉　なにを驚いた顔をされているのです‼　わたくしの方が驚いておりますわよ⁉

それにどうして殿方をお連れしたんですの⁉　こんな寝巻き姿を見られるなんて、恥ずかしすぎますわ‼

「どうして、リヒト様が⁉」

と、とにかく目元までは隠さなくては‼　嫁入り前なのに、こんな姿を見られてしまうなんて……‼

もうリヒト様以外の殿方になど、嫁げませんわぁ‼

「どうして？　酷いなぁ。私はちゃんと、約束を果たしに来たのに」

「や、約束……？」

「君が言い出したことだよ？　ほら。私は君を、見つけただろう？」

「…………。……っ⁉」

ゆ、夢じゃなかったんですの⁉

え？　え⁉　じゃあ、あれはっ……あの日々は、全て本当にあったことだったんですの⁉　あれが現実だというのですか⁉

わたくし、幽霊でしたけれど⁉

「だから今度は、君の番だ」

「え？　あの……」

近づいてくるリヒト様に、思わずベッドの上で後ずさりをしてしまいました。

だ、だってっ‼　こんな姿、好きな殿方になんて見られたくないじゃないですか‼

「ようやく、君に触れることができるんだ。それなのに……君は、私から逃げようとするのか？」

「逃げ……ち、ちがっ……」

「たとえそうだとしても、逃がしはしない。今ここで既成事実を作ってでも、私は君を手に入れる」

「な⁉」

もうほとんど既成事実が作られたようなものではありませんか‼　この状況ならば‼

わたくしに今からリヒト様以外の殿方に嫁げと⁉　こんな姿を見られてしまったのに⁉

「君は生きている。そして私の婚約者候補として王都へやってきた。それなら私が君を望んでも問題ないだろう？」

「そ、それは……」

「私は君を選んだ。その事実は誰にも変えることはできない」

そう、です、けれどもっ……‼

おかしいですわ‼　リヒト様はこんなにも強引な方でしたっけ⁉

どうすればいいのか分からなくて、お父様やアンシーに目で訴えてみますけれど……。

(だ、駄目ですわ‼　二人とも驚きすぎて、目と口が開いたままですもの‼)

ど、どうしましょう⁉　わたくしっ……わたくしは一体、どうすれば⁉

「なるほどな。こうすると、君を翻弄《ほんろう》できるのか」

「翻弄って……！　性格悪いですわね…‼」

「……何を言っているんだ。元々、先に私を翻弄していたのは、君の方じゃないか」

「わたくし、ですか……？　いいえ？　わたくしリヒト様を翻弄した覚えはありませんよ？」

「……無意識な上に無自覚というのは、本当に質が悪いな」

幽霊だったので、死んだと思っていたのです。なので多少は、その……羽目を外した覚えはありますが。

だからといって、一国の王子を翻弄するような真似をしたつもりは、一切ないのですけれどね……？

「見解の相違、ですわね？」

「あぁ。だが、それはおいおい解決しようじゃないか。今は君に、約束を守ってもらう方が先だ。ねぇ？　ヴィクトリア嬢？」

「え……？　え、っと？」

「今度こそ、答えをもらいに来たんだよ」

それは、つまり……。

「私と、結婚して欲しい」

「っ!!」

幽霊として過ごしていたあの日、二人きりで交わした約束を。

「…………は、い……。はい、リヒト様」

今度はわたくしが、果たす番なのです。

「まさか、結婚の条件にラウ・バッタールの処刑への立ち会いを申し出るとは……。本当に君は、私の予想もつかないことを言い出すな」

「あらだって、立ち会わせてくださらないご予定だったのでしょう？　わたくし、今回の事件の被害者の一人ですのに」

「当然だろう⁉　どこの国に令嬢を処刑に立ち会わせる王族がいるんだ⁉　しかも婚約者になる相手を‼」

「あら、ここにおりますわよ？」

「不本意ながらな‼」

まぁまぁ、リヒト様ったら。けれどこれだけは、どうしても譲れなかったのです。

だってわたくし、バッタール宮中伯とは面識すらなかったのですよ？　それなのに事故に見せかけて馬車が襲われるなんて。

「納得できないのですもの。わたくしが狙われた理由も、分からないままだなんて」

「……はぁ～。そうだな。君はそういう女性だった」

あらリヒト様、目頭なんてもみ込んで。最近お忙しそうでしたし、やはり書類の見過ぎでは？

……なんて、今は冗談を言っている場合ではありませんわね。

「それに、わたくしはリヒト様に嫁ぐ身なのです。王族に嫁ぐというのは、こういった覚悟も必要なのではないですか？」

「それは……そう、なん、だが……」

国を揺るがすほどの大罪人の処刑に、黒幕の最期に。王族が立ち会わないなどということは、あり得ませんもの。万が一にでもあるかもしれない将来のためにも、今からこういった事柄には慣れておかなくてはいけませんわ。

それが、リヒト様と共に生きると決めたわたくしの覚悟、なのですから。

「とにかく、まだ安静にしててくれ」

「えぇ。全てが終わるまで、このお部屋からは一歩も出ませんわ。お約束します」

処刑のために準備された広場。そこを一望できる一室を、今回はお借りしているのです。

本来であれば宿屋のはずなのですが、今日ばかりはお休みをしているのです。飲食店や仕立屋も含めて、この辺り一帯は全て休業。

それだけ、大きな事件だったのです。

(そしてきっと後世に残るような、語り継がれる日になることでしょうね)

リヒト様もいなくなり、数人の侍女と騎士がいるだけの部屋の中。わたくしは窓の近くから、王族の登場に沸く民衆の姿を眺めておりました。

その空気が変わったのは、バッタール宮中伯が処刑場に現れた瞬間でした。いえ、もう宮中伯ではありませんわね。

彼が現れた瞬間の、一瞬の静寂と。その後の割れるような罵声の嵐。

(これが、彼がして来たことの結末)

淡々と罪状が読み上げられ、刑の執行が宣言され。そしてお決まりの温情として、最後に発言が許される。

「っ!!」

その間下を向いたまま、一切顔を上げなかったラウ・バッタールが。その時になって初めて、ゆっくりと頭を上げたのです。

真っ直ぐに、憎悪のこもった目を王族に向けながら。

「仮初でしかない能無しの王が、なにを偉そうに」

「貴様っ……!!」

「先代の王もそうだった!! 夜会に侵入した賊を始末するだけで犯人を突き止めようともせず!! 挙げ句、被害者に対して仕方がないなどとのたまった!! あんなにも国に尽くしてきた我が家に対して!! 仕方がないの一言で終わらせた無能な王が!!」

衛兵に押さえつけられても、なお言葉を発することをやめない彼の口から出てくるのは。ただの事実ではなく、きっと血反吐を吐くような思いで紡がれた彼の中の本音。

長年積み重なったそれは、もはや憎しみだけに染まってしまっているのでしょう。

(あぁ、けれど。だからこそ……なにも周りが、見えていなかったのですね)

彼自身が気付かなければならなかったことにすら。

「あの日我が家は狙われた!! 偶然なんかじゃない!! あの男は王族なんかじゃなく我が家を狙ったんだ!! それをっ!! みすみす取り逃すだけではなくっ!! 城の中の腐敗にまで気付かず殺された王も!! 王妃も!! 第一王子も!! 誰もかれもが無能だっただけだ!!」

「……その事故に、お前は関与していない、と?」

「手は下していない!! 指示も出していない!! ただ馬車が細工されているのを見て見ぬふりをしただけだ!! 腐敗に気づかなかった者達の自業自得だろう!?」

そこで彼が企みを止められたかどうかは、分かりませんけれど。少なくとも報告は、できたはずです。

それをしなかった時点で、共犯とほぼ同義なのですけれど。きっとその頃には冷静な判断も失っていて、復讐だけに燃えていたのでしょうね。

「第二王子の毒殺も!! 第三王子の衰弱死も!! どちらも首謀者はアロガン・アプリストスだ!! あの頃には既に、城の中は腐り切っていた!! そのことは第四王子だったお前が一番知っているだろう!?」

「………そう、だな……」

「〝仕方がなかった〟んだ!! もう誰にも止められなかった!! 今更その責任の所在を、俺に押し付けるつもりか!? 腐敗に気付かず何もできなかった王族が!!」

そう、言われたのでしょうね。先代の王に。仕方がなかった、と。同じように。

けれどそれは、彼の一方的な言い分でしかないのです。真実そうだったかどうかは、また違うのでしょう。

その証拠に。

「……ラウ・バッタール。当時の王族は、腐敗に気づいていなかったのではない。その対抗手段を整えている間に、兄上たちは次々と殺されたのだ」

「……は？」

「お前たち貴族が、当時何の力も持たず最も帝王教育から遠かった私を傀儡《かいらい》に仕立て上げようとしていたことは、知っていた。だからこそ、私はそれを利用したのだ」

当然、ですわね。いくら第四王子とは言っても、全く教育を受けていないわけではないのですから。すぐに真相にたどり着いたことでしょう。

けれど腐敗は、簡単には切り落とせないものです。その部分が大きければ大きいほど。

「敵か味方か分からない以上、下手に動けなかった。その上自由に動ける王子まで、私一人になってしまったのでは……」

「ラウ・バッタール。お前のしたことは、結果的に自らの首を絞めただけに他ならないわ」

「ッ⁉」

両陛下の言葉に目を丸くしておりますけれど、夜会に賊が侵入したことを厳重に調べないはずがないのですよ。

次は本当に、王族が狙われる可能性もあったのですから。

「だっ、だがっ‼　アロガン・アプリストスはあの後も何の沙汰もなく……‼」

「証拠を集めに向かう最中に、兄上は事故に見せかけて殺されたのだ。お前が故意に見逃した、細工をされた馬車に乗っていて、な」

「なっ……‼」

衝撃の真実に、広場の民衆はもはや静まり返っていて。ただ王族と罪人の言葉を聞き逃すまいと、固唾をのんで成り行きを見守っているだけでした。

そんな中、わたくしは一つの真実にたどり着いてしまって。

一人小さく、ため息を漏らしてしまったのです。

「ラウ・バッタール。先ほどお前は、手を下していない、指示はしていないと言った。だが……我が息子リヒトの件に関しては、どうだ？」

「同じだ。手は下していない」

「暗殺のための会合を開いていたと聞いたが？」

「失敗するように手をまわしていた。それの何が悪い？」

この辺りは、予想通りの質問だったのかもしれませんわね。事前に尋問の中でも聞かれていたのかもしれません。よどみなく答えていますもの。

けれど。

「陛下、発言の許可を」

「……あぁ」

リヒト様は被害者の一人なのです。ご自身には何の非もないのに、王族というだけで命を狙われ続けた、悲劇の第一王子。

けれどここからは違いますわ。おそらくはリヒト様も、わたくしと同じ結論に達しているのでしょうから。

それ、すなわち。

「お前の王家に対する憎悪は理解した。だが、それならばアルージエ辺境伯とその令嬢に対する仕打ちはなんだ？」

「……それは…………」

「自らが糸を引いていると露見しそうだったから、口封じを狙ったのではないのか？　アロガン・アプリストスと、同じように」

「ッ⁉」

そう、同じなのです。わたくしにもお父様にも、非はありませんでした。それどころか、お父様は辺境伯。王城で開かれる夜会になど、滅多に参加されないのですから。当然、ラウ・バッタールが悲劇に見舞われた日にも、その場にいなかったのです。

「お前の家族に対するアロガン・アプリストスの行為は、到底許されるものではない。当然だ」

民衆の目の前で、陽の光の下に堂々と立つリヒト様。輝く金の髪と、真っ直ぐに罪人を射抜く鮮やかな青の瞳。

誰もが惹かれてやまないそのお姿に、ラウ・バッタールですら言葉もなく見つめる中。

「だが‼　その事件に関与していない人物を亡き者にしようとしたことは、アロガン・アプリストスと何が違う⁉　私利私欲のために誰かの愛する者を奪おうとしたのは、お前とて同じことだろう‼」

強く糾弾するその言葉は、真実でしかないのです。

（そう。わたくしたちが巻き込まれたのは、彼が家族を亡くしたのと同じこと）

邪魔だったから。目障りだったから。悪事が暴かれそうだったから。理由と行動を照らし合わせてしまえば、ラウ・バッタールとアロガン・アプリストスは同じことをしていたことになってしまうのです。

けれどだからこそ。だからこそ、彼は自ら気付くべきだったのです。憎き相手と、同じことをしているのだ、と。

「お前も、アロガン・アプリストスも。本質は同じだったということだ」

「ち、がう……違うっ‼　俺は‼」

「時間だ」

陛下の言葉に必死に否定しようとするラウ・バッタールの言葉は、けれど無慈悲にも訪れた刑の執行によって続きませんでした。

最期に、彼は。

「俺はっ……俺はぁぁ!!」

絶望に染まった表情で、叫びながら。

その首は、落とされたのです。

(……復讐に染まってしまった彼には、何も見えていなかったのでしょうね)

絶望の中で生きずに済んだのは、彼にとって救いなのか。それとも最期の瞬間に絶望だけが残されたのは、報いだったのか。

ただいずれにしても、リヒト様がとてつもなく怒っていらっしゃったのだけは伝わりましたわ。

「ヴィクトリア様」

「……えぇ。今のうちに、戻りましょうか」

ようやく得られた自由に沸く、民衆たちの声を聞きながら。わたくしは広場の見える部屋を後にしたのです。


そうして戻った、王城の一室で。

「ヴィクトリア嬢!!」

なぜか、リヒト様がお一人でお出迎えをしてくださったのですけれど……。

なぜでしょう?

「あの、リヒト様?」

「気分は?　どこかつらいところはないかい?」

「いえ、あの……」

「あぁ、まずは座ろうか。立たせたままなんて良くないね」

いえ、そういうことではないのです。

「君たちは戻っていいよ。ご苦労だったね」

いえだから、リヒト様。

「……え⁉ 侍女も護衛も下がらせるんですの⁉」

「当然だろう？ 彼らは自分の役目をしっかりと果たしてくれた」

いえいえ‼ どうしてわたくしたちを二人きりにしたんですの⁉ もう少し疑問を持つべきですわよ⁉

（我が家からアンシーだけでも連れて来るべきだったかしら……）

いくら婚約者に内定しているとはいえ、この状況はあまり褒められたものではありませんもの。むしろなんで許されるのか疑問しかありませんわ。

けれどまずは。

「リヒト様。わたくしはそこまでか弱い令嬢ではありませんわよ？ これでも辺境伯の娘。幾度となく血は見ておりますもの」

「ヴィクトリア嬢、それはそれで返答に困るんだが？」

我が家は領地の砦のようなものですからね。時折侵略を試みる他国を迎え撃って、そのたびに負傷者の手当てもしてきましたもの。

言葉にはしませんでしたけれど、正直なことを申しますと侵略者の亡骸もこの目で見たことがありますわ。数えるほど、ですけれどね。

「そんなことよりも!!」

「そ、そんなこと？」

そんなことですわ!!　それよりももっと重大なことがありますもの!!

「トリア、ですわ！　リヒト様」

「……はい？」

「ですから！　その他人行儀な呼び方をやめてくださいませ！」

「え、っと……」

「確かにわたくしはヴィクトリアですが、だからこそ今までと同じように呼んでくださいませ。普段、家族からも呼ばれない、リヒト様だけの特別な名前なんですの」

わたくし、ヴィクトリア、ですもの。トリア、でも問題はありませんわ。それにお父様もお母様もお兄様も、全員わたくしのことをヴィーと呼ぶのです。トリア、と呼んでくださるのはリヒト様だけなのです。

それになんだか、距離が遠くなったようで悲しくなりますもの。

「え？　あぁ、うん。トリア」

「はい、リヒト様」

何よりようやく得られた、リヒト様のお隣。他の令嬢と同じだなんて、嫌ですわ。

「……うん、そうだね。私もこの方がしっくりくる」

そう微笑むリヒト様は、とても穏やかで。そしてあの日々が幻などではなかったのだと、ようやく実感できたのです。

だから、こそ。

「リヒト様」

「ん？」

「もう壁はすり抜けられませんが、これからもわたくしをお傍に置いてくださいますか？」

あの頃のように、幽霊として様々な情報を持ち帰ることはできませんが。けれどきっと、これが本来の在り方なのでしょうから。

「勿論だよ、トリア。これからもずっと、よろしくね」

片腕で抱き寄せられて、額に口づけを一つ。そのまま嬉しそうに笑うリヒト様の髪が、一筋だけさらりと流れて。

わたくしはリヒト様の体温を感じられる喜びを噛みしめるのです。

「はい、リヒト様」


多くの別れがありましたが、これでようやく国は正しい方向へと舵を切ることでしょう。

とはいえまだ、課題は山積みなのでしょうけれども。

けれどきっと、今度こそ間違えずに済むはずです。

民たちが、笑顔で幸せに暮らせる国に。誰もが命を脅かされない国に。

そんな未来を、目指しましょう？

「あぁ、そうそう。言い忘れていたけどね？」

「トリアが疑っていたモートゥ侯爵は、私の数少ない協力者で、アルージエ辺境伯の親友だよ？」

「何でしょうか？」

「………はい？」

「様々な場所に潜入して、私に情報をもたらしてくれていたんだ。だからアルージエ辺境伯も、トリアの絵姿をモートゥ侯爵に渡したんだ」

つまり。

万が一の場合に備えて、リヒト様を生かすために城外へと連れ出そうとしていたと？

破棄されてしまわないように、お父様も侯爵様に絵姿をお渡ししたと？

そして何よりも、モートゥ侯爵こそが二重スパイをしていらっしゃった、と？

以前カーマ様が仰っていた「あのお方」とは、モートゥ侯爵だったのだと？

「なっ、そ……！」

「今度からはもう疑わなくていいよ」

「そ、そんなっ……」

そんなの、聞いていませんわよ——!?

王族の庭園

それは、わたくし自身が幽霊であることを自覚してからしばらく経った、ある日のことでした。

「トリア。少しだけ外に出ようと思っているのだが、君も来るか？」

『まぁ、ぜひ！　ご一緒させてくださいませ！』

普段は私室と執務室の往復しかされないリヒト様が、なんとお休みの日に珍しくそんなことをおっしゃったのです！　むしろそれ以外に出向かれるところなんて、わたくし初めて拝見しましたわ。

お休みの日は私室で本を読まれて過ごされることが多い方なので、わたくしもつい前のめりに頷いてしまいました。

基本的に行動範囲を限りなく狭くして、不測の事態が起きないようにとされているのだとは思います。そうでなければ制限されているわけでもないのに、こんなにも移動が少ないなど不自然ですもの。

『どこへ行かれるのですか？』

「前に話したことがあるだろう？　城の中にある、花が咲き誇る庭園だ」

なるほど。外と言っても、本当の外出ではないのですね。あくまでお城の中の一角に向かわれる、と。

けれどリヒト様の置かれたお立場を考えれば、それも致し方ないことなのでしょうね。安全第一、ですもの。

「この時期にしか咲かない花があることを思い出して、ひと目だけでも見ておこうかと思ったのだ」

『たまには日の光をしっかりと浴びるのも大切ですものね！』

「ははっ。確かにそうだな」

好きでお城の中に籠っている、というわけでは決してないのでしょうけれど。それでも時折こうして少しでも外に出られるのであれば、その機会は大切にすべきですもの。

けれど、不思議なことに。リヒト様の護衛はたった一人。

いいえ、リヒト様にとっては不思議でも何でもないのでしょうね。こんな状況、きっと今に始まったことではないのですから。

(第一王子でありながら、権力者たちに疎《うと》まれるリヒト様)

それはとても身勝手な理由からではありますけれど、それでもこのお方にとってはそれが日常だったのですもの。命を狙われることですら、特別ではない、なんて。

こうしてたった一人の護衛を連れてお城の中を歩いているだけで、あちらこちらから向けられるのは決して友好的とは言えないような視線ばかりなのですから。こんな中を普段から歩きたいなんて、思う筈がありませんわね。

(それにしても……)

護衛が一人いるだけとはいえ、他の方がいらっしゃる中ではリヒト様とお話をすることができませんわ。その代わり暇になってしまったわたくしはリヒト様の頭上を漂いながら、視線を向けられないのをいいことに周りを観察しているのですが。

(見事に、お城の中がただのサロンと化していますわね)

あちらでもお喋り、こちらでもお喋り。まるでお城全体が夜会の会場のようになっておりますけれど、本来はもっとお仕事をする方の場所のはずではありませんか？

なるほど。これでは確かに、リヒト様が憂《うれ》う理由も分かるというものです。普段ならばともかく、今はリヒト様という正真正銘の王族がすぐそばにいらっしゃるというのに、繕《つくろ》おうともしないのですもの。中には目の前を通られるのは嫌だとばかりに、顔を顰めてその場を後にする者の姿もあるのですから。

「ここまでで良い」

「はっ」

そんな風に周りを観察しながら色々と考察をしている間に、目的地に辿り着いていたようです。この辺りに入ってから貴族の姿をあまり見かけなくなっていたので、元々王族専用の場所なのかもしれませんが。

『……って、あら？　護衛を残したままでよろしいのですか？』

「あぁ。ここは王族以外では庭師しか立ち入りを許可していないから、問題ない」

まぁ。そんな場所があるのですね。

あぁけれど、ある意味リヒト様にとってはその方が安全なのかもしれません。警戒すべき人間が、かなり限られるということなのですから。

「ここは父上と母上が好きな植物が多いせいか、あまり華やかではないんだ。だからだろうな。フォンセは当然のことながら、第二王妃ですら近づきもしない」

『なるほど。想像がつきますわね』

庭園の入り口を表すのでしょう。細い鉄格子で出来た可愛らしい白い門をくぐりながら、それとは正反対の派手なものがお好きなのであろうお方を思い出してしまいました。きっとあの方ならば、物語の悪役のように捨て台詞なんかも残して去って行きそうですもの。それはそれで、見てみたいような気もしますけれど。

「あぁ、あった。これだ」

少しだけ先を歩くリヒト様が、お目当てのお花を見つけたのでしょうね。どこか嬉しそうな声色でそう呟いて、おもむろにそこにしゃがみ込まれたのです。

『どれですか？』

わたくしからはリヒト様の後姿だけが見えていたので、思わず後ろから覗き込んでしまったのですが。リヒト様は驚かれる様子もなく、普段よりもずっと柔らかな表情でこちらを見上げると、

「これだ。ビオラという名らしい。父上が国外より取り寄せて、母上が一目見て気に入ったのだと聞いている」

そんな風に、お話ししてくださったのです。

リヒト様が手で指し示していらっしゃるのは、本当に小さな紫色のお花。一か所に固まって咲くその姿は可憐でありながら、どこか生命力の強さも感じさせるのです。

『少し独特な見た目ですけれど、とても可愛らしいですわ』

「だろう？　時々思い出すが、この時期にしか見られないのがどうにも惜しいと思うな」

『ふふ。リヒト様もお好きなんですね、このビオラというお花が』

「そうだな。母上の影響もあるのかもしれないが……。あぁだが、今回に関しては少しだけ思い出した理由が違うな」

『まぁ。どういう経緯で思い出したのですか？』

普段とは少し違う穏やかな雰囲気に、ついわたくし自身も穏やかな気持ちになってしまいましたが。立ち上がり振り返ったリヒト様が、真っ直ぐにわたくしを見ながら柔らかく目を細められて。

「君の……」

今のわたくしたちの雰囲気と同じ、穏やかな風がリヒト様の髪を優しく揺らして。その絵画的な美しさに、思わず見惚れてしまっておりました。

そう、だから。

「トリアの瞳と同じ色をした花だったと、ふと思い出したんだ」

リヒト様の言葉に咄嗟に反応できなかったのは、きっとそのせいなのです。あまりにもこの場所にリヒト様の姿が馴染み過ぎていて、一枚の絵画を見ているような気持ちになってしまっていたからですわ。


「リヒト様がそうおっしゃったのですよ？」

「……そうだな、言った。覚えている」

片手で目元を覆ってらっしゃいますけれど、それは照れ隠しですか？

正直なところを申しますと、あの時の言葉が霞《かす》んでしまいそうなほど甘い言葉を婚約後はいただいておりましたし、婚姻後はさらにですもの。今更ですわ。

むしろ何年も前の、わたくしがまだ幽霊だった時の出来事を今になって照れてらっしゃるリヒト様は、最近のご自身の言動に気付いていらっしゃらないのかしら？

「だが、まぁ、うん。やはり今見ても同じ色だとは思うな」

「それには同意いたしますわ。わたくしも今ならば、同じ色だと断言できますもの」

幽霊だった頃は自身の瞳の色どころか、姿形も確認ができませんでしたから。今はちゃんと姿見に映る体ですから、ようやくあの頃のリヒト様の言葉に頷けるというもの。

「それにしても、あの時はほんの一角にしかなかったはずの花が……」

「随分と増えましたわね」

王族専用の庭園の中を、ゆっくりと歩きながら休日を楽しんでいたのですが、あの可愛らしい紫色のビオラの前まで来た時、二人して同時に足を止めてしまいました。おそらくは同じことを思い出して、そしてまた同じことを思ったのでしょう。前よりも花が増えている、と。

「リヒト様、以前どなたかの前でビオラについてのお話をされました？」

「していたとしても、カーマに対してぐらいだろうな」

「なるほど」

それは、仕事が早そうな人間を選ばれましたわね。

喉元まで出かかった言葉を寸前で飲み込んだわたくしを、誰か褒《ほ》めてくださいませ。危うく指摘してしまうところでしたわ。

今まで冷遇されていた分、どんな些細な願いでも叶えて差し上げようと貴族たちが一挙手一投足にまで気を配るようになったことに呆れて、苦言を呈《てい》されていたのは存じておりますが。リヒト様、肝心な人間には一言も伝えていらっしゃらなかったようですわね。彼こそ、最もリヒト様の願いを叶えたがる人物でしょうに。

ただ彼らの気持ちも理解できない訳ではないので、あえてわたくしは指摘したりはいたしませんけれど。ええ、決して。

「これで母上が喜ぶようであれば、今度は父上が新しい花を他国より取り寄せそうだな」

「今あるものを増やすのではないのですか⁉」

「それ一種だけ増えるよりも、色とりどりの花に囲まれる母上を見たいんじゃないか？　父上が」

「陛下が⁉」

いえ！　確かに陛下は絵画という芸術面に秀でたお方ですから！　そういった色彩についても色々お許しそうですけれども！

「結局のところ、それを喜んでしまう母上も母上だからな。似たもの夫婦だ」

そこはため息をつくところでしょうか⁉

なんでしょう。リヒト様、もしかしなくても呆れてらっしゃいます？

「他国との交流が盛んになるのは、決して悪いことではないんだが……父上は我が国を、芸術大国にでもしたいのだろうか？」

遠い目をしてらっしゃいますねぇ。

けれど確かに、陛下は様々な芸術面に力を入れていらっしゃいますものね。それだけ人々の心に余裕ができたと思えば、悪いことではないのですけれど。

まぁ、でも……いささかその時期には早いような気がしないでもないのですけれども、ね。

「父上は芸術、母上は外交、トリアは軍事力の強化、と……全員がそれぞれ別々のことを同時に進めているが、せめて一つずつにはできないものかと常々思って――」

「まぁ！　それは無理な相談ですわ！　少なくとも外交に力を入れるのであれば、侵略されないよう軍事力も強化しなくてはなりませんもの！」

婚約中にアルージエ領から呼んだ数人の教官たちのおかげで、ようやく少しずつまともな軍になってきているというのに。今更歩みを止めるわけにはいきませんわ。

「いや、分かっている。分かってはいるんだが……。時折思う。三人とも、調整役をしている私を振り回して楽しんでいないか？」

「そんなことはありませんわ！　むしろわたくしが一体いつ、リヒト様を振り回したというのです！」

「……うん。君が一番私を振り回していると思うよ？　トリア」

幽霊でなくなってから度々そうおっしゃっておりますけれど、わたくし一向に理解できないのです。

本当に一体いつ、わたくしがリヒト様を振り回しているというのですか。

「自覚がないって、大変だなぁ……」

呟いたリヒト様とわたくしがその後どんな会話を繰り広げていたのかは。

風に揺れるビオラだけが知っている真実なのです。

名も無き幽霊令嬢は、実は中身が王子様!?

ふと、意識が浮上するような感覚。あぁ目覚める時間かと、どこか霞《かすみ》がかったような意識の中で認識する。

普段通りに瞼《まぶた》を持ち上げて、体を起こそうとして。ふと、気付いた。

『………………寝台では、ない……？』

それどころか横にすらなっていない。見慣れた部屋の中ではあるが、しかし立っている感覚もなく。

……いや、待て。それよりもまず、今自分が発した声は……。

『………………なっ⁉』

明らかに自分の声ではなかった。普段よりもずっと高い音に驚いて見下ろした体は、明確に女性のドレスを着用していて。

そして何より、透けていた。

『なっ、何だこれは⁉　一体どうなっている⁉』

何よりもこの姿。見覚えがないかと聞かれれば……。大いに、ある。それはもう、最近では毎日と言っていいほど目にしている。

そう、ある日突然私の部屋に現れた女性の幽霊。トリアの姿そのものだった。

『待て待て、おかしいだろう。どうして私がトリアになっているのだ』

どんな理屈があって私が幽霊になるというのか。いや確かに、そもそも幽霊と日々を過ごしている時点で理屈など関係ないのだろうが。

何より未だにトリアが幽霊になった理由が解明できないままだ。この場に現れた理由もまた、何一つ判明していない。

が。今はそれどころではない。むしろ今までの衝撃をさらに上回ってくるような事態なのだ。まさに一大事だろう。

『……いや。いやいや、待て待て。そもそもにしてこんなあり得ない事態、現実に起ころうはずがない』

そうだ。少し考えてみれば分かることだ。こんなこと、いくら幽霊が存在しているとはいえあり得なさすぎる。

だから確かめてみればいい。そう確か夢かどうかを確かめるには、痛みを感じるかどうかだと昔教師が話していたな。つまりこの体で……………。

『この、体で？』

幽霊とはいえ、トリアの体を痛めつけるようなことを？　私が？

いやいや、そんなことはできるはずがない。女性の体をそんな……。

『……それ以前に、幽霊というのは痛みを感じるものなのか？』

トリアは普段、壁をすり抜けているぞ？

壁も床も扉も窓も、彼女にとっては何一つ意味をなさないものだ。それはつまり、すり抜けるのに痛みを伴うことがないということで。

『なんとも不思議な体だな』

そしてその状況を難なく受け入れているトリア本人も、私からすれば不思議極まりないのだが。

少なくとも、今の私は正直かなり混乱している。努めて冷静にあろうとはしているが、どこか思考がまとまらない。あちらへこちらへと、様々なことを考えてしまう。

『……待て。今の私がトリアならば、本来の私の体はどうなっている？』

夢ならば醒《さ》めるまで待てばよいが、そもそもその確証もない。だがどちらであろうとも、まずは確認しなければならない事柄だろう。

私の記憶が正しければ、昨夜は特に刺客が忍び込んでくるようなこともなく。静かに眠りにつけていたはず、なのだが。

ベッドに近づいて、まだ閉じられているカーテンの中を確認すべく手を伸ばして――

『あぁ、そうか。触れられないのか』

当然のようにカーテンをすり抜けた手に、今の私は幽霊の体なのだと実感が湧く。

だがつまり、すり抜けるということは。このまま体ごと中に入り込んでしまっても問題ないということだ。

『なんとも便利なようで、不便な体だな』

よくこれで、トリアは平静を保てているものだと感心する。いや、あれが本当に平静を保っている状態なのかどうかは、そうでない場合の彼女を知らないので何とも言えないところではあるのだが。

少なくとも、あそこまで行動的な女性はそうそう……いや、いるにはいるのだろうが。

やはり判断はできそうにないと結論付けつつ、見下ろした先では見慣れた私の体が横たわっていて。

胸が小さく上下していることから、ひとまず生きてはいるのだと認識する。

問題は、その体が目覚めるのかどうか。そしてその中には、私以外の誰が入っているのか、だ。

『これでトリアではなかったら……さて、どうするべきか』

私の味方だといえるような人物であれば、まぁ問題はないだろう。本当に問題なのは、私という存在を消してしまいたい誰か、であった場合だ。しかも比率からすれば明らかに後者の方が多いのだから、考えるだけで頭が痛くなる。果たしてこの幽霊の体が頭痛を覚えるのかどうかは、甚《はなは》だ疑問ではあるが。

『あるいは誰も入っていないか、だな』

ただしその場合の一番の疑問点は、そもそもこの幽霊の体の持ち主であるトリアがどこに行ってしまったのか、だ。

こんな訳の分からない状況に普通も何もないのだろうが、それでも私とトリアの中身だけが入れ替わってしまったと考えれば、まぁ納得もいくし辻褄も合うだろう。

……いや、合うのか？

そもそも納得できる理由もないような。

いやいや、だがしかし……。

「ん……」

『っ!!』

もはや何が正しいのやら、そもそも正しさなどというものが存在するのかどうかも分からない問いに、思考が狂いそうになっていた時。ふと聞こえてきた、小さな声。

今、明らかに。私の体から発せられた、それ。

この部屋の中でトリアの体に入ってしまっている私以外では、私の体以外存在していない。いや、これもややこしいな。

だがつまり、声が聞こえたということは――

「………あら。わたくし、自分以外の幽霊には初めてお会いしますわ。ごきげんよう」

よし、確定した。明らかにトリアだ。私の体の中には今、トリアが存在している。

この話し方、この緊張感のなさ、そして自分以外の幽霊という言葉。これでトリアでなかったとすれば、私はもう何も信じられない。むしろこの城の中には、一体どれ程の幽霊が存在しているというのか。分かる者に問い詰めてみたくなるというものだ。

『残念だが、私だ。リヒトだ』

「……リヒト様？」

しかし、なんだな……。私の見た目で私の声で、そんな風に話されると……違和感しか覚えないのだが？

「あら、まぁ。どうされましたの？」

『いやいや、こちらが聞きたい！　どうして君は私の体に入り込んでいて、私は君の体に入り込んでいるんだ⁉』

「まぁまぁ。そんなことになっているのですね。大変ですわ」

『全く！　これっぽっちも！　大変そうに聞こえないんだが⁉』

「そんなことはありませんわ。わたくし今、大変驚いておりますもの」

本当に驚いているのか⁉　それで⁉

とは思うものの、さすがに口にはしないでおく。驚き方は人それぞれだからな。これはかりは他人には分からないので、仕方がない。

「あら本当！　わたくし、色々なものに触れられますわ！」

そうか、そこに驚くのか。

いや、まぁ、私も先ほど触れられないという事実に驚きはしたが。

「それに声も低いですわね！」

気付いているのなら、もう少し話し方を……いや、これもまた言っても仕方がないことか。

「まぁまぁどうしましょう！　今日一日、わたくしがリヒト様として過ごさなければならないのですね！」

『今日一日で済むのか？』

「分かりませんわ！」

『……だろうな』

そうくると思っていた。思っていたさ。何せトリアだからな。彼女はそういう人物だ。

あぁ、最初の頃に比べれば私も随分とトリアの言動に慣れたものだな。はは。

「あら、どうしましょう」

『今度は何だ？』

もはや早々驚くようなことはない。何故ならば彼女の言動は常に私の予想の範疇を超えているのだから。いちいち驚いていては身が持たない。

「リヒト様……わたくし、御不浄はどうすれば？」

『御不浄……』

つまり、それは……。

『ま、待て待て待て‼　まさかその体のまま行くつもりか⁉』

「今は平気ですけれど、生身の体では必要なことですわ」

『そうだが！　そうなのだが‼』

前言撤回だ‼　やはり彼女の言動にはいつ驚かされるか分からない‼

だが今回ばかりは確かに大問題だ‼

「まぁまぁどうしましょう。わたくし男性の御不浄って、どうすればいいのか知識がありませんの」

『あった方が驚きだ‼』

「どうすればよろしいんですの？　リヒト様、教えていただけます？」

『私がか⁉』

どうして自分の体のことを他人に、しかも女性に教えなければならない⁉

いや分かる。必要なのは分かっている。

だがそういうことではなく‼

「他の方に教えていただくというのも、方法としてなくはないのですが」

『頼むからやめてくれないか⁉』

もう何だか泣きたい気分だ。彼女と過ごすようになって、ここまで追い詰められたことなど初めてではないだろうか。

まさか……まさかトリアに窮地に立たされる日が来ようとは、思ってもみなかった。

「リヒト様」

『待て待て、今考える！　どうすれば一番最善なのかを考えるから、少し待ってくれ！』

頭を抱えながら知恵を振り絞ろうと必死に唸って。

唸って唸って唸って――――

「はっ⁉」

見開いた目が捉えたのは、見慣れた天井。早鐘を打つ心臓は、今までのそれが悪夢だったことを教えてくれる。

あぁ、そうか。夢だったのか。良かった。

そうだろうな、当然だ。あんな出来事が、本当に起こるはずがない。

「はぁ……」

ようやく安心して体を起こし、ふと聞こえて来た小さな寝息に隣を見れば。

そこには、健やかに眠る私の姿が。

「…………は？」

そう、私の、姿が。

「はあぁぁぁ⁉」


この後本当に目覚めた私が、あまりの不安から自らの腕を思い切りつねってみたのだが。その時はしっかりと痛みを覚えた。

ようやく悪夢から醒めたのだと安堵した私は、そのままベッドに倒れ込んだまま。しばらくの間、動くことができなかったのだった。

――おまけ――

『リヒト様？　お休みとはいえ、長く寝すぎではありませんか？』

聞こえてきた声に、これが現実なのだとちょっとした幸せをかみしめていたら。どうやら私がトリアの問いかけを無視していると認識したらしい。

『リーヒートーさーまー？』

当然のようにカーテンをすり抜けて、ベッドに横たわる私の側へとやって来たらしいトリアの気配が。

私が思わず顔だけをそちらに向けると、思った以上に近い位置に顔があって――

「……って!!　うわぁ!?」

『まぁ！　酷いですわリヒト様！　わたくしの顔を見て悲鳴をあげるだなんて！』

「いやいやいやいやいや！　むしろ君は何で普通にここに入ってきているんだ!?　女性としての慎みはどこへ行った!?」

『あら、幽霊に慎みだなんて。リヒト様は面白いことをおっしゃいますのね？』

「幽霊だからってそこまで失っていいわけじゃないだろう!?」

いつもと同じやり取りに、先ほどの安堵とはまた違う意味で体から力が抜ける。

あぁ、そうだ。これが今の私の日常だ。

『幽霊の常識なんて、わたくし存じ上げませんもの』

「私も知らないがな⁉」

けれどこれこそが、この賑やかさが生きている証なのだろう。

なぜかこんな日常が貴いもののように感じられて、けれどまだ起き上がるのは億劫だから手だけを伸ばしてみる。当然、この手はトリアの体をすり抜けてしまうのだが。

『リヒト様？　どうされました？』

「いや……。トリアは凄いな。よくこんな現実をすぐに受け入れられたものだ」

『まぁ。珍しいですわね、リヒト様がそんなことをおっしゃるなんて』

「いやまぁ、何というか……夢を、見たんだ」

『夢？　どんな夢でしたの？』

「……」

どこまで話すべきかを一瞬悩んで、けれど話したところで別段問題ないだろうと結論付ける。

別に何かやましいことがあるわけでもないし、それをトリアが知って何かがあるわけでもないだろう。

「トリアと……」

『わたくしと？』

「……トリアと私の体が入れ替わる夢を見たんだ」

その瞬間、見開かれる紫の瞳。それを綺麗だとどこか頭の片隅で思いながらも、さてどう出るかと様子を窺えば。

『まぁ!!　それは何て楽しそうな夢なんですの!!』

輝くような笑顔でそう答えるから、つい私も笑ってしまった。

「トリアらしい答えだな」

『だって夢ですもの！　それならば体験してみたいと思いませんこと？』

「いや、私はあれっきりで十分だ」

夢だと分かった瞬間ですら、あまりの衝撃に体が動かせなかったのだから。あんな体験、正直二度とご免だ。

『それは残念ですわ。……あぁ、でも』

「ん？」

本気で残念そうな表情から一転、なぜか納得したような顔をして両手を合わせたトリアは。次の瞬間笑顔でこう言い放ったのだ。

『わたくし男性の御不浄の知識がないので、それだけが不安ですわね』

「っ!?」

夢と同じ、だと!?

同じか!?　そこは同じなのか!?

つまり私はトリアのことを、無意識下では真に理解していたとでも言うのか!?

『あら、リヒト様？　どうされたのです？　頭を抱えて』

「いや、ちょっと……色々と衝撃が大きすぎただけだ」

夢の中も含めて本日三度目の衝撃に、私の起床時間がさらに遅くなったことは言うまでもない。

あとがき

完全にはじめましての方も、ウェブ版から知ってるよという方も、書籍版のあとがきではじめまして。朝姫《あさき》夢《ゆめ》と申します。

本はあとがきから読む、という私のようなタイプの方がいらっしゃるかもしれませんので、ここでは内容には一切触れません。ネタバレなしです。なので先に読むタイプの方も、安心してお読みください（笑）

今回、紙での書籍化は初となるのですが、実は紙での改稿作業も今回が初めてでした。なので正直、校正用の記号があることすら知らずに始まったのですが……。一番大変だったのは記号を調べることでも何でもなく、飼い猫にひたすら邪魔され続けたことでした。本当に、大変でした。

猫が読んでいる本や新聞の上に乗るという話は聞いていましたが、まさか原稿を持ち出すたびに興味を示すなんて思ってもみなかったんですよ！

……失礼。取り乱しました。

ただ本当に、それが一番大変で。毎回毎回「それなぁに？」と近づいてきては原稿にスリスリしようとするのを「あー！　やめてー！」と取り上げる日々。私は一体、何と戦っていたんでしょうか？

そんなネコチャンとの攻防の末、なんとか原稿を死守した結果、こうして書籍という形でお届けできました。しかも誕生月に。

今月刊行となったのは本当に偶然の産物ではありますが、もともと担当編集者様にお声がけいただだいたのも偶然でした。そこからあれよあれよという間に素敵なイラストをつけていただいたり、コミカライズのお話をいただいたりと、本当に嬉しいことばかりでした。

お声がけくださった担当様、とっても素敵なイラストを描いてくださった冨月一乃《とみづきいちの》様、校正や装丁、印刷や営業など、この本が書店に並ぶために関わってくださった全ての方々、そして何よりもこの本をお手に取ってくださった読者様に、この場を借りてお礼申し上げます。本当に本当に、ありがとうございました。

トリアとリヒトの物語は、ここで一旦終了となります。ですが実は書き下ろしに入れられなかったお話があるので、ウェブ版ではおまけとして少しだけ別のお話も掲載しています。もし興味がありましたら、ぜひ一度覗いてみてください。

そして今後始まるコミカライズも合わせて楽しんでいただけたらと思っておりますので、どうぞまだまだ続く『幽霊令嬢』の世界をよろしくお願いいたします！

二〇二二年　冬

朝姫　夢

Niμ NOVELS

好評発売中

無能令嬢は契約結婚先で花開く

本人は至って真面目

イラスト：鳥飼やすゆき

僕の相手はミラでなければ、何の意味もない

「君を選んだのは一番都合のいい相手だったからだ」

魔力のない「無能」に生まれたせいで、家族から虐げられていたミラベル。

しかも冷酷非道と噂の男爵・イリアスとの婚約を勝手に決められてしまった。

男爵家でも、きっと家族と同じように冷遇されるだろう……。そう覚悟していたけれど使用人たちはミラベルを好いてくれ、穏やかな日々を過ごすうちに本来の自分を取り戻していく。

ある夜ミラベルの手料理をきっかけに、イリアスからは不器用な愛情を向けられるように。

しかし実は国を揺るがすほどの能力をミラベルが持っていたと判明すると——！？

クールな溺愛男爵と「無能」令嬢の不器用ラブロマンス♡

NiμCOMIC

異世界も、ラブコメも
全部を楽しみたい

"キュン"をほしがるあなたへ
おくるWEBマガジン

Niμ【ニュー】

高鳴るココロ、つむぐ恋。

pixivコミックにて
大好評配信中！
新作続々登場予定！

毎月第2、4土曜日更新

公式HP◆https://niu-kasakura.com Twitter◆@Niu_kasakura

ファンレターはこちらの宛先までお送りください。

〒110-0015　東京都台東区東上野2-8-7
笠倉出版社　Niμ編集部

朝姫夢 先生／冨月一乃 先生

名も無き幽霊令嬢は、今日も壁をすり抜ける
～死んでしまったみたいなので、最後に誰かのお役に立とうと思います～

2023年2月1日　初版第1刷発行

著　者
朝姫夢
©Yume Asaki

発行者
笠倉伸夫

発行所
株式会社　笠倉出版社
〒110-0015　東京都台東区東上野2-8-7
[営業]TEL　0120-984-164
[編集]TEL　03-4355-1103

印　刷
株式会社　光邦

装　丁
Keiko Fujii（ARTEN）

Niμ公式サイト　https://niu-kasakura.com/

ISBN　978-4-7730-6409-4
Printed in Japan